tascabili

Chiara Moscardelli

Volevo solo andare a letto presto

GIUNTI

www.giunti.it

Via Bolognese 165 – 50139 Firenze – Italia
Piazza Virgilio 4 – 20123 Milano – Italia

Prima edizione: ottobre 2016
Prima edizione tascabile: maggio 2018
Prima ristampa: giugno 2018

«Amare è soffrire. Se non si vuol soffrire,
non si deve amare. Però allora si soffre
di non amare. Pertanto amare è soffrire,
non amare è soffrire, e soffrire è soffrire.
Essere felice è amare: allora essere felice è soffrire.
Ma soffrire ci rende infelici.
Pertanto per essere infelici si deve amare.
O amare e soffrire.
O soffrire per troppa felicità.
Io spero che tu prenda appunti.»
E noi con lei...

Sonja in *Amore e guerra* di Woody Allen

«È permesso?»

La porta della villa era socchiusa.

Avevo zoppicato fino a lì perché un tacco era rimasto incastrato tra due maledetti sampietrini, la via Appia ne era costellata. Nel cercare di liberarlo, avevo tirato con così tanta forza che si era staccato dalla suola ed era rimasto lì, affogato nel fango.

Allora mi ero chinata per riprenderlo, ma un tuono si era abbattuto in lontananza facendomi sobbalzare.

Ovvio. Tardo pomeriggio, posto lontano, temporale. La storia della mia vita.

Lo avevo lasciato lì e mi ero incamminata lungo il viale alberato con una scarpa rotta e il vestito sgualcito per il viaggio in macchina. Nel giro di poco mi sarei anche bagnata.

Accelerai il passo, per quanto possibile in quelle condizioni.

Le ottobrate romane sono così, ci sono giorni in cui puoi andare al mare a farti il bagno, altri in cui i temporali improvvisi trasformano la città in Saigon.

E in quel momento Roma era Saigon.

Avevo un incontro importante. Non era mai capitato che mi mandassero a fare sopralluoghi da sola, di solito con me veniva Schwarz, che però in quel momento aveva di meglio da fare: un viaggio di lavoro o un bagno alle terme. Schwarz è il mio capo, il responsabile del dipartimento di arte moderna e contemporanea alla Mercy's, la casa d'aste dove lavoro. Uno svizzero nervoso e ipercinetico. Più di una volta mi aveva sfiorato il sospetto che si drogasse. Con qualcosa di forte, però.

Bussai di nuovo e la porta si spalancò.

La villa sembrava disabitata.

Non c'erano macchine parcheggiate fuori e dall'interno non provenivano rumori.

Controllai l'indirizzo che avevo scritto sull'agenda e alzai gli occhi per cercare di leggere il civico, poi li riabbassai sull'agenda. Guardai di nuovo in alto e in basso almeno tre volte e, prima di farmi venire il torcicollo, stabilii che il posto era giusto. La pioggia stava aumentando e decisi di rompere gli indugi.

Mi lisciai la gonna del tailleur e controllai che i capelli fossero a posto, almeno quelli.

Prima di uscire dall'ufficio avevo chiesto a Martina, collega e amica: «Come sto?».

«Sembri mia suocera.»

Non le avevo dato retta, tanto più che Martina non si è mai sposata.

E poi i miei vestiti non le sono mai piaciuti. Non che io abbia uno stile particolare, indosso sempre tailleur e camicia. A volte cambio il colore della camicia, però.

Respirai profondamente e mi guardai intorno.

«Sto entrando...»

Avanzai zoppicando con il tacco che mi rimaneva e mi lasciai la porta alle spalle.

In fondo era stato Gennaro Papadopoulos, il proprietario, a raccomandare la massima puntualità. Quindi doveva essere in casa.

Ero partita dall'ufficio quasi tre ore prima. Adoro la mia città, ma non quando si tratta di attraversarla in macchina. Da Campo de' Fiori alla via Appia ci si può impiegare anche un giorno intero.

Qualcuno per sopravvivere si munisce di beni di prima necessità, come acqua, panini e dolci vari.

Papadopoulos era italo-greco: il padre veniva da Folegandros, la madre da Latina. Persona educata e un tantino eccentrica, non lo avevo mai visto indossare due capi dello stesso colore, ma pantalone arancione a righe gialle e giacca viola, magari a pois blu, quelli sì. Ci eravamo incontrati in più di un'occasione, per visionare le fotografie di alcuni dipinti e oggetti di sua proprietà da mettere all'asta, e alla fine avevamo deciso di fissare un sopralluogo per stabilire il reale valore di quello che ci aveva mostrato.

Appena dentro, la prima cosa che feci fu accendere la luce.

Tossii.

«Sono entrata!»

Silenzio.

«C'è qualcuno? Signor Papadopoulos?»

Mi guardai intorno. Il salone era enorme, le pareti, con mattoni a vista, erano interrotte dalle grandi finestre e da un camino. Le poltrone e i divani erano ricoperti da teli bianchi. La villa doveva essere disabitata da parecchio tempo. Le statue e i quadri posati a terra contrastavano con l'antichità del mobilio. Erano tutti pezzi di arte contemporanea, come il mosaico incorniciato fatto con i tasti del computer e i lecca-lecca a forma di spazzoloni del water.

Un quadro in particolare attirò la mia attenzione, un dipinto appoggiato alla parete con noncuranza. Mi avvicinai per osservarlo meglio: una famiglia e un gregge di pecore attraversano un lago a bordo di una piccola imbarcazione. Il modo in cui erano stese le pennellate, frammentarie, mosse, l'uso dei colori complementari, mi fece subito pensare a Giovanni Segantini. Poteva mai un quadro di Segantini trovarsi in quella casa e per giunta incustodito?

Rimasi a guardarlo per qualche minuto, incantata.

Stavo per allungare una mano per toccarlo quando un rumore

sordo, come il colpo secco di qualcosa sbattuto a terra con violenza, mi fece voltare di scatto.

Solo allora notai un corridoio che prima non avevo visto.

Forse il signor Papadopoulos non mi aveva sentita entrare. Forse era sordo, anche se quando lo avevo incontrato mi era sembrato che ci sentisse benissimo.

Avanzai claudicante lungo il corridoio, maledetti sampietrini.

«Signor Papadopoulos? È permesso?»

Lo percorsi tutto senza smettere di guardarmi intorno.

Arrivata in fondo, una folata di vento mi fece rabbrividire. La portafinestra della veranda era spalancata.

Mi avvicinai per chiuderla e lo sguardo mi cadde su uno splendido *secrétaire.* Non sono un'esperta di mobili ma conosco bene questo tipo di scrittoi, sono la mia passione. E quello sembrava olandese, dell'Ottocento.

Mi avvicinai, abbassai la ribalta e sbirciai all'interno, aveva sei cassetti, tre per lato.

In realtà sapevo che ce n'erano molti di più, bisognava solo scoprire il congegno. Ognuno ha un proprio marchingegno per nascondere scomparti e cassetti, unico e sofisticato. A volte si tratta di un pulsante, altre di una leva.

Una folata di vento fece sbattere la portafinestra e mi distrasse dallo scrittoio. Fu quando mi precipitai a chiuderla che notai due persone salire su una macchina.

Era buio e aveva cominciato a piovere molto fitto quindi non riuscii a distinguerle. Feci in tempo però a scorgere delle scarpe gialle prima di vederle scomparire all'interno della vettura. E solo un uomo poteva indossare delle scarpe di quel colore: Papadopoulos.

Perché stava andando via?

Lo stavo per chiamare quando un braccio mi aveva cinto la vita ed ero stata attirata verso un corpo. Inequivocabilmente il corpo di un uomo. E anche bello massiccio.

Aprii la bocca per gridare, ma una mano me lo impedì.

«Sst. Sta' zitta.»

Fui sollevata da terra e allontanata dalla finestra, in direzione del *secrétaire*.

Ero impietrita. Non potevo credere a quello che mi stava succedendo.

Cercai di divincolarmi, ma la stretta era ben salda.

Mi mancava il respiro.

È curioso come in alcune circostanze saltino in mente le cose più strane, alcuni fanno testamento o pregano, altri pensano ai mariti e ai figli. Dal momento che io non avevo nulla da lasciare, non ero credente e non avevo marito né figli, pensai a Olivia Benson, quella di *Law & Order - Unità vittime speciali*.

E pensare a Olivia Benson voleva dire pensare a maniaci, serial killer e stupratori.

Ecco, quell'uomo voleva uccidermi o violentarmi, o entrambe le cose, magari non in quest'ordine.

«Devi stare calma» continuava a bisbigliarmi, ma ormai ero nel panico.

Povero Olsi. Olsi era il mio insegnante di krav maga. Di origine russa, a ogni lezione sembrava appena rientrato da una missione in Cecenia. Anni di allenamenti buttati al vento. Eppure non potevo arrendermi senza neanche combattere e feci l'unica cosa che mi venne in mente: gli morsi la mano con violenza.

Quello gridò e io affondai ancora di più i denti nella carne.

Fu allora che mi passò tutta la vita davanti. Nella parte finale giacevo nel mio letto, moribonda. Gli amici intorno a me piangevano e io capivo che stavo morendo. Era troppo tardi, avevo contratto un virus letale. Ebola, Aids, febbre tifoide o una più banale cirrosi epatica.

Mollai immediatamente la presa.

Sentivo l'infezione che già stava entrando in circolo, ma non cedetti e con il tacco destro, l'unico rimasto, premetti forte sul suo piede. Più igienico.

Con l'ultimo affondo riuscii a farlo allontanare da me.

Allora mi girai di scatto e continuai a colpirlo agli stinchi. Dovevo averlo preso alla sprovvista perché non si difendeva.

«Non mi toccare! Faccio krav maga, io!»

«Calma, non voglio farti niente.»

«Non è vero! Tu vuoi violentarmi! Aiutooo!» gridai.

«Macché violentarti! Sta' zitta, porca miseria!»

«Ah, no?»

«No.»

Perché? Pensai, ma riuscii a non dirlo ad alta voce, tanto più che ormai il suo corpo premeva contro il mio. E la cosa non mi dispiaceva affatto.

Bastò quell'attimo di distrazione perché lui ne approfittasse. Con una mano mi bloccò le braccia dietro la schiena e con l'altra mi tappò di nuovo la bocca.

«Ora sei più tranquilla?»

No che non lo ero! Allora pensai a Olsi e alla sua ultima lezione.

Annuii con la testa, sentii che allentava la presa.

«Devi ascoltarmi, capito?»

Annuii di nuovo e lui mi liberò le braccia ma non si mosse. I nostri corpi erano attaccati e, che dio mi perdoni, la cosa mi procurava un'insolita euforia.

O si trattava della sindrome premestruale o dovevo cambiare psicologo.

«Bene» cominciò, «così ragioniamo. Complimenti per il krav maga, ma ora dobbiamo assolutamente...»

Fu allora che lo colpii, con il palmo della mano, dal basso verso l'alto. Dritto sul setto nasale.

Lo vidi sgranare gli occhi e portarsi le mani al viso. Mi spaventai.

«Oddio scusa, scusa!»

Macché scusa, quello era uno stupratore!

«Porca miseria, mi hai quasi rotto il naso.»

«Te l'avevo detto che facevo krav maga!» dissi, e ne approfittai per dargli una spinta violenta e allontanarlo.

Questo mi diede un piccolo vantaggio e una grande eccitazione. Ero riuscita a difendermi, non potevo crederci.

Mi allontanai dallo scrittoio, imboccai il corridoio, lo attraversai zoppicando senza voltarmi finché non raggiunsi la porta.

«Scusa, scusa, non volevo!» gli gridavo, senza smettere di correre però.

Uscii e mi ritrovai di nuovo nel viale alberato.

Il mio tacco era ancora lì tra i sampietrini e per un attimo pensai di riprendermelo, ma capitolai quasi subito e proseguii nella corsa.

«Aiutooo, aiutooo! Vogliono violentarmi!»

Percorsi tutto il viale fino alla strada principale, dimenticandomi della macchina parcheggiata proprio davanti all'ingresso.

Ormai diluviava.

Ecco perché non mi accorsi della moto.

La botta fu fortissima.

L'unica cosa a cui pensai prima di perdere i sensi fu che il mio aggressore era un gran bell'uomo. Somigliava a Christian Bale, quello di Batman, e mi aveva tramortita.

Anche se in quel momento a tramortirmi fu ben altro.

Volevo solo andare
a letto presto

Parte prima

1

Mi chiamo Agata Trambusti.

Mia madre Rosa, come Rosa Luxemburg la rivoluzionaria, è un'esperta in cristalloterapia oltre a essere una sessantottina, e non sempre le due cose vanno insieme, per fortuna.

Avrei potuto chiamarmi Camilla, come la mia compagna di classe delle medie, o Grazia, come la mia migliore amica, e allora anche io avrei potuto avere un'infanzia normale, forse. Ma Agata era il nome a me destinato: «Perché l'agata, amore mio, è il simbolo delle infinite manifestazioni del soprannaturale e della crescita spirituale. Se indossata ha la proprietà di proteggere dai malefici e di favorire sogni tranquilli». E così mia madre me ne faceva indossare una ogni sera.

«Ho tanto mal di gola» le dicevo spesso. «La mia amica Camilla dice che devo prendere la medicina.»

«Che sciocchezza...» e mi piazzava un'orribile agata blu al collo.

Quando facevo degli incubi, e anche questo accadeva spesso, era il turno di quella rossa, che appendeva al muro, sopra il letto. «Mamma, che cos'è?»

«Non "mamma", tesoro, solo Rosa. Semplicemente Rosa.» Voleva che la chiamassi col suo nome per salvaguardare l'individualità e non dare troppa importanza ai ruoli istituzionali.

«La pietra rossa è il simbolo delle vite passate che si affacciano. Lasciale entrare, non avere paura.»

«Perché? Ho avuto altre vite?»

«Tantissime, amore mio.»

E io a quel punto non dormivo più, restavo a pensare alle altre me del passato. Chi erano? E dove avevano vissuto? Anche loro erano andate a scuola? Erano interrogativi seri.

Un giorno in classe, dopo l'ennesima notte insonne, chiesi alla maestra delucidazioni sul significato del mio nome e sulla faccenda delle vite passate. Lei sgranò gli occhi e poi disse con solennità: «L'unica e sola Agata è la santa siciliana, morta vergine all'età di quindici anni».

Tornata a casa raccontai a Rosa la storia della santa e della verginità, lei mi tolse subito da quella classe.

«Non si possono dire cose del genere a una bambina» sentenziò. «Poi è ovvio che hai gli incubi!»

Più crescevo, più mi rendevo conto di dover arginare gli impeti e le impulsività di mia madre. Per questo, suo malgrado, sviluppai una forma nevrotica di controllo su tutto. A sedici anni la mia stanza sembrava la cella di isolamento di una prigione sovietica.

Se sono riuscita a superare i quindici anni incolume, o almeno non sono morta vergine, lo devo al fatto che mi sono imposta quel tipo di regime.

Un episodio in particolare ha lasciato un segno indelebile nella mia crescita emotiva e ha innescato una trasformazione irreversibile.

Avevo più o meno undici anni ed ero tornata a casa con Camilla. Lei vestiva solo Naj-Oleari, motivo per cui mia madre la detestava. «Le marche dei vestiti sono l'emblema del consumismo» mi aveva detto una volta, dopo che mi ero lamentata di un sacco di iuta verde militare che mi aveva fatto indossare per andare a scuola.

Ci eravamo chiuse subito nella mia cameretta. Appena Camilla si era trovata di fronte alla scritta psichedelica che campeggiava sulla testiera del mio letto aveva avuto un cedimento: «Fate l'amore, non la guerra» aveva letto a mezza voce. Poi si era soffermata a fissare con gli occhi sgranati l'adesivo con il simbolo della rivoluzione sessuale. All'epoca non potevo saperlo, ma dormivo sotto il poster di un fallo gigante, stilizzato. Eppure non fu questo a segnare le nostre vite per sempre.

Mentre giocavamo a catalogare le pietre colorate di cui mia madre mi riempiva la stanza, Camilla era sgattaiolata via. Non mi accorsi della sua assenza finché non sentii uno strillo provenire dal giardino. Allora mi precipitai fuori e la vidi. La mia amica era in piedi, di spalle, rigida come il marmo. Davanti a lei, una decina di uomini e donne nudi si tuffavano nella piccola piscina che dividevamo con i nostri vicini. Non era un bello spettacolo, ma trovai comunque esagerata la sua reazione. Quegli uomini, in fondo, erano solo gli amici di mia madre.

Il fatto è che vivevamo a Calcata, un borgo medievale in cui si accampavano i fricchettoni di tutta Italia. Era considerato un posto magico e mia madre si era trasferita lì negli anni Sessanta proprio in virtù della sua aura.

«Ci sono gli stregoni qui?» le avevo chiesto dopo essermi svegliata una notte in preda all'ansia.

«Certo» mi aveva risposto tranquilla. Non ero più riuscita a riaddormentarmi.

Camilla non si presentò in classe per giorni e non tornò più a casa mia. Peccato, ero certa che mia madre le piacesse. O meglio, le piacevano soprattutto le pietre che Rosa le regalava: «Tienila legata al polso, sempre a contatto con la pelle. Aumenta la fertilità» le aveva detto una volta, mentre le infilava un bracciale. Camilla, a dieci anni, non era certo interessata alla procreazione, ma al bracciale sì.

Ci pensai a lungo e alla fine mi decisi: non andava lasciato più nulla al caso, a partire dalla mia stanza. Fu allora che prese forma la cella di isolamento. Sotto gli occhi sconcertati di mia madre, fervente sostenitrice della libertà individuale e quindi incapace di opporsi, buttai poster, falli stilizzati, adesivi e statue dorate per lasciare spazio all'ordine e al rigore. E tranne qualche delicata incursione notturna di Rosa, che mi lasciava pietre colorate appese al muro o poggiate sul comodino, non ho più modificato il mio spazio vitale.

Intanto, gli amici di mia madre continuavano ad andare e venire indisturbati. Facevano il bagno nudi, suonavano, cantavano, fumavano e soprattutto bevevano. Prevalentemente tisane, almeno così le chiamava mamma. Solo la sera venivano sostituite da qualcosa di più forte, anche se alcune delle tisane di Rosa non avevano nulla da invidiare all'alcol. I momenti che preferivo erano quelli in cui cantavano e suonavano insieme, spesso in costume adamitico. Mi piaceva cantare con loro, vestita però. I testi parlavano di vento, fuoco, pace e guerra. La mia preferita era in italiano. Si rivolgeva a una certa Contessa, che doveva essere una persona importante. *Sapesse Contessa che cosa m'ha detto un caro parente dell'occupazione che quella gentaglia rinchiusa là dentro di libero amore facea professione.*

Dopo l'episodio di Camilla, smisi anche di cantare.

Di mio padre non ho mai saputo nulla, né so nulla oggi. Avevo capito, già prima dell'età in cui sant'Agata era morta, che forse neanche mia madre sapeva bene chi fosse. A cinque anni mi aveva raccontato una bellissima storia di un astronauta che era dovuto partire in missione e non aveva più fatto ritorno. Per circa due anni tutte le sere osservavo la volta celeste e mi immaginavo papà seduto a cavalcioni su una stella che scrutava la terra cercando di saltare giù. A sette mi rivelò che ero figlia di uno dei Rolling Stones, non ricordo quale. A dieci ero orfana di un eroe di guerra, senza specificare quale guerra. A quindici le feci la domanda che tenevo in serbo da tempo: «Mamma, ma tu sai chi è mio padre?».

«Certo!»

Non aveva aggiunto altro, forse avrei dovuto formularla meglio. Promisi a me stessa di non tornare più sull'argomento. Mantengo ancora l'impegno.

Per tutto il tempo delle superiori non desideravo nient'altro che lasciare Calcata e trasferirmi a Roma e quando m'iscrissi alla Sapienza, Lettere con indirizzo Storia dell'arte, arrivò finalmente il momento. Pensavo che lontano da Rosa sarei riuscita a trovare la mia strada, ma Roma non era Calcata e al proprio passato non si sfugge, soprattutto se hai una madre che ti dice che di passati ne hai tanti. Il giorno che lasciai Calcata, in modo del tutto inaspettato, mi sentii mancare la terra sotto i piedi. Non ero pronta. Grazia mi aiutò ad attutire il passaggio, andammo a vivere insieme nella sua casa a Monteverde Vecchio, un'isola di pace nella città tentacolare. Grazia era stata l'unica mia compagna di scuola a non farsi intimorire da Rosa, anzi, andavano d'accordissimo. Forse perché anche lei, come scoprii in seguito, aveva una storia familiare diversa dalle altre, forse perché era incuriosita dalla bambina che stava crescendo con una libertà fuori dal comune, forse perché semplicemente mi voleva bene, fatto sta che diventammo inseparabili.

Dopo il primo anno con Grazia, si erano aggiunti Luca e Guglielmo, che avevano occupato le stanze rimanenti prima di fidanzarsi, tra loro. E le cose si erano un po' complicate, soprattutto per colpa del disordine che io cercavo in tutti i modi di arginare.

«Dove sono le mie mutande?» aveva gridato Guglielmo uno dei primi giorni.

«Le ho buttate» avevo risposto. «Erano sulla mensola della cucina!»

«Ti odio. Vai subito a cercarle nei secchi del cortile! Erano di Dolce&Gabbana!»

Guglielmo aveva un animo sensibile e una profonda vena artistica, guai a toccargli il suo intimo firmato.

Grazia usciva quasi tutte le sere e mi trascinava con sé. Teatro, cinema, concerti, mostre di perline, non aveva importanza. Il suo entusiasmo di fronte al mondo e alle novità era contagioso. Luca e Guglielmo mi presero sotto la loro ala protettiva, cercando di riorganizzare la mia vita dalla A alla Z: dal modo in cui dovevo vestirmi, alle serie televisive che dovevo guardare e che (secondo loro) erano imprescindibili per la mia formazione sessuale e affettiva. Luca si arrese quasi subito. Da uomo di legge qual era, pratico e cinico, non vedeva molto margine di miglioramento. Invece Guglielmo, rimasto sconvolto nell'apprendere che a casa non avevo la televisione, ne aveva fatto una questione personale e non aveva mai smesso di sperare.

«Quindi tu non hai mai visto *Candy Candy*?» mi aveva domandato.

«No.»

«*Lady Oscar*?»

«No.»

«Mi sento male.»

Il vero colpo di grazia per lui fu scoprire le mie lacune in fatto di soap opera. E lo fu anche per me, perché non smisi più di guardarle.

«Cioè, non si può vivere senza Ava Rescott» aveva sentenziato un giorno con sgomento. Ava Rescott era una delle eroine di *Quando si ama,* una maniaca dello shopping.

Quasi smisi di dare gli esami perché dopo *Quando si ama* passai a *Santa Barbara* e poi alle telenovelas.

Un miracolo mi fece laureare. Se fosse stato per me, sarei rimasta chiusa in casa davanti alla televisione. Subito dopo entrai come stagista alla Mercy's, una delle case d'aste più prestigiose di Roma, e lì sono rimasta. Schwarz, il responsabile del dipartimento di arte moderna e contemporanea, mi aveva voluto con sé fin da subito. Credo più per la facilità con cui riuscivo a farmi maltrattare che per la mia bravura.

Grazia studiava architettura anche se, non so come, finì a disegnare gioielli. Luca si laureò a pieni voti in Giurisprudenza, entrando subito in uno dei più importanti studi legali della capitale. Lo Squalo, come lo avevano ribattezzato tutti i colleghi, amici e nemici, non aveva mai perso una causa. Guglielmo, invece, divenne un bravissimo arredatore di interni con un occhio molto sensibile alla moda. Ho sempre pensato fossero una coppia perfettamente assortita.

Questa era la mia nuova famiglia. Insomma, potevo desiderare di meglio, ma poteva anche andarmi peggio. Potevo finire come sant'Agata.

2

Quando ripresi conoscenza, cercai di mettere a fuoco quello che avevo intorno.

La prima cosa che vidi fu la faccia di Grazia. O meglio, i suoi occhioni verdi, sbarrati, e la capigliatura da Elizabeth Taylor in *Cleopatra*. Non ricordavo si fosse fatta le treccine.

Subito dopo notai quella di Guglielmo e infine la tipica espressione seccata di Luca.

«Ha aperto gli occhi, vado a chiamare il medico.»

Ma prima che Grazia si allontanasse le toccai il braccio: «Sono in ospedale?».

«Certo! Al San Camillo.»

A quel punto mi ripresi completamente.

«E come sono arrivata qui?»

«In ambulanza.»

«E voi?»

«Ci hanno chiamato dal reparto. Che spavento.»

«La macchina?»

«Sono andato a recuperarla io, come sempre.»

«Grazie, Luca. Ma cosa ho? È grave?»

«No, per fortuna e...»

«Dimmi la verità.»

«È la verità.»

«Sto morendo, non è vero?»

«No, quelli a morire siamo noi» disse Guglielmo, sventolandosi. «Di infarto!»

«Ho un male incurabile, lo so. Non cercate di nasconderlo...»

Sapevo che sarebbe successo prima o poi. Certo, avrei preferito vivere ancora un po', ma certe cose non si potevano scegliere. Dovevo farmi forza.

«Sta arrivando tua madre.»

«Allora è così, me ne sto andando...»

«Sì, ma sarà una cosa lenta e dolorosa.»

«Luca!» esclamò Grazia.

«No, no, è giusto non indorare la pillola. Avanti, ditemi tutto. Un tumore? Un ictus? Peggio?»

Avevo paura di fare la domanda giusta. Non volevo dare un nome reale alla mia malattia: avevo contratto un virus dopo avere morso il mio assalitore.

«Una botta in testa, anche bella forte.» Le parole di Grazia mi riscossero dal torpore. «Ti hanno investito, Aghi, altro che tumore.»

In effetti avevo un'emicrania terribile.

In quel momento entrò il dottore.

«Si è svegliata, finalmente. Come andiamo?»

«Sono pronta a sentire quello che ha da dirmi» e mi sollevai per mettermi seduta.

Il morso lo avevo dato al massimo un paio d'ore prima e non ero a conoscenza di un virus che agisse così in fretta. E io mi tenevo aggiornata.

«Veramente siamo qui per sapere da lei che cosa è successo.»

Allora venni assalita da un dubbio: «Non sto morendo?».

«Lei è sana come un pesce. Tranne che per un discreto trauma cranico.»

«Ah.»

Ci rimasi un po' male, a dire il vero. Anche se lui non poteva sapere del morso e io non avevo intenzione di informarlo.

«Devo visitarla, potete uscire?» disse rivolto ai miei amici.

Chiuse la porta e solo in quel momento notai che non ero l'unica ricoverata nella stanza.

C'erano una signora anziana, che secondo me era morta per quanto era bianca e immobile, e una ragazza.

Dopo avermi guardato il fondo degli occhi il medico iniziò a farmi una serie di domande sul giorno, l'ora e l'anno in cui ci trovavamo.

Ero malata, non pazza. Per cui risposi correttamente.

«Ha dolore da qualche parte?»

«No, cioè sì, mi sento tutta indolenzita. E mi fa male la testa.»

«È normale. Ora mi dica, che cosa ricorda?»

«Mi hanno investito. Una moto, credo.»

Omisi di proposito le ragioni che mi avevano spinta a scappare. Non volevo creare ulteriore scompiglio.

«Mi pare che lei stia benissimo.»

Questo lo credeva lui. Era tutta apparenza.

«E... e il motociclista?»

«Sta bene, grazie al cielo. Ha chiamato l'ambulanza e ha aspettato che arrivasse. È stata fortunata, spesso chi investe una persona, poi scappa.»

«Dovrò ringraziarlo.»

«Domani potrà fare tutto quello che vuole. Ora si faccia una bella dormita» disse, poi si diresse verso l'uscita.

«Possiamo?» chiese Guglielmo al medico indicando la stanza.

«Prego.»

Nel frattempo era arrivata Rosa, accompagnata da Bernardo, uno dei migliori amici di mia madre che viveva con noi da anni. Ero convinta da sempre che Bernardo fosse innamorato di lei, non corrisposto ovviamente. Che altro motivo avrebbe avuto di restare tutto quel tempo a casa nostra?

Era un uomo dolcissimo, un pittore dall'animo sensibile e con una passione per lo yoga e le arti marziali. Dipingeva discutibili quadri floreali subito dopo avere fatto il saluto al sole. Da piccola adoravo quei momenti. Mi svegliavo presto tutte le mattine per riuscire a trascorrere del tempo con lui. Osservavo i suoi gesti, eseguiva movimenti lenti e circolari che sembravano una danza e che io cercavo di imitare. Poi, insieme, iniziavamo a dipingere. Ognuno aveva il suo cavalletto e le sue tempere. Rosa era felice che io incanalassi la mia creatività nella pittura. Solo quando Bernardo le fece notare che non era appropriato per una bambina dipingere uomini nudi e peni giganti tutti colorati mia madre stabilì, con rammarico, che gli abitanti di quella casa dovessero iniziare a coprirsi. Fu lui a trasmettermi la passione per la pittura e le arti marziali.

Anche se il krav maga non è proprio la stessa cosa dello yoga, casomai il suo opposto. E non me lo posso neanche granché permettere, fisicamente intendo. Non sono grassa, questo no. Certo le mie gambe sembrano due tronchi d'albero, ma ho le tette che bilanciano.

Era stato l'unico, per esempio, a cercare di far ragionare mia madre dopo l'episodio di Camilla.

«Rosa, quando vengono le amiche di Agata, forse dovremmo mantenere un minimo di contegno» gli avevo sentito dire una sera.

«In che senso?» aveva chiesto.

Riuscì a spuntarla solo in seguito, grazie alla faccenda dei dipinti.

Fu sempre lui a combattere al mio fianco perché si facesse entrare in casa una televisione, con scarso successo.

Rosa mi riportò alla realtà del mio letto d'ospedale brandendo una delle sue orribili collane.

«Indossala. Ti aiuterà a superare questa esperienza traumatica. Sono pietre di crisocolla.»

«Ma...»

«Non fare la solita» intervenne Luca, «guarda come ti sta bene. Che dici, Guglielmo?»

«Forse il colore un po' la sbatte» rispose, portandosi una mano al mento e concentrando lo sguardo su di me.

«Ma no, non è colpa della collana, è lei che è gialla, non vedi?»

«Sono gialla?»

Che avessi la cirrosi epatica?

Rimuginai sul mio fegato mentre gli altri parlottavano e solo una ventina di minuti dopo, quando Rosa e Bernardo mi salutarono per tornare a Calcata, finalmente vuotai il sacco.

«Stavo scappando da un uomo!» sussurrai per non farmi sentire dalle mie compagne di stanza.

«Come? Perché bisbigli? Ti hanno dato una botta in testa, non hanno cercato di strangolarti.» Era stato Luca a parlare.

«Invece sì» gridai. «Cioè, non hanno cercato di strangolarmi, ma di violentarmi!»

«Figuriamoci, nei tuoi sogni.»

«Luca!» lo rimproverò Grazia. Poi, rivolta a me: «Che significa? Che stai dicendo?».

«La verità. C'era... c'era un uomo in quella casa. Mi ha afferrata da dietro, abbiamo lottato... Oddio è stato terribile.»

I miei amici mi guardarono impietriti.

«Io richiamo il dottore, Aghi.»

«Uno psicologo, direi.» Guglielmo scosse la testa, pensieroso.

«Per carità, ho già il mio.»

«Mi pare che non serva a un granché.»

Con la coda dell'occhio, notai che la signora si era riavuta. Era seduta sul letto e non tentava nemmeno di dissimulare il suo interesse. La ragazza almeno fingeva di dormire.

«C'è un'altra cosa che devo dirvi, molto più grave» proseguii.

«Sei incinta? Troppe emozioni tutte insieme.» Guglielmo si accasciò sulla sedia.

«Può essere» intervenne Luca. «Gli elefanti non hanno una gestazione di ventiquattro mesi? Coinciderebbe con l'ultima volta che hai fatto sesso.»

«Ventuno» lo corressi.

«Allora no, troppo poco.»

«Comunque non sono incinta. Sono malata!»

«Capirai, sai che novità.»

«Stavo lottando per liberarmi, non sapevo come fare e allora gli ho morso una mano e... In che senso "sai che novità"? Pensate che abbia qualcosa?»

In quel momento entrò l'infermiera, l'orario delle visite era terminato.

«Ne riparliamo domani, Aghi.»

Li salutai e rimasi sola. Cioè, non proprio sola.

«Hanno cercato di violentarla?» mi domandò improvvisamente la signora, con gli occhi che le brillavano.

Non si era persa neanche un minuto della conversazione.

«Sì, ma non ci sono riusciti.»

«Peccato.»

«Già.»

Mi distesi e iniziai a fissare le crepe del soffitto. Mi sforzavo di ricostruire il momento dell'aggressione ma era difficile con un virus letale in circolo. «Devi ascoltarmi» mi aveva detto quell'uomo, e forse voleva solo parlarmi, ma allora perché assalirmi alle spalle? No, doveva esserci dell'altro, anche se la violenza sessuale era da escludere a questo punto. Avevo bisogno di un tranquillante.

Troppe cose a cui pensare, la malattia, l'incidente, Christian Bale. Scesi dal letto e mi affacciai sul corridoio. Era notte fonda e dalle altre stanze non provenivano rumori, tranne qualcuno che russava. Stavo cercando l'infermiera di turno, quando un uomo con il camice da dottore e una mascherina da chirurgo si materializzò davanti a me. Mi spaventò a morte.

«Che paura» bisbigliai.

Lo guardai meglio. Se non era uscito dalla sala operatoria, il che era una certezza dal momento che il camice era immacolato, perché aveva la mascherina? E che cosa stava facendo impalato lì?

L'uomo avanzò e io d'istinto indietreggiai. Con la coda dell'occhio vidi che in fondo al corridoio l'infermiera stava uscendo dalla sua stanza. Con l'entusiasmo di chi va incontro al primo grande amore, lo scansai e mi diressi verso di lei.

In men che non si dica la raggiunsi, era un donnone con i capelli biondi cotonati e le unghie laccate che stava spostando il carrello delle medicine. Ne rimasi incantata e senza distogliere lo sguardo dal multiforme e variegato mucchio di scatole colorate le chiesi di darmi qualsiasi cosa mi potesse far dormire. Con mia grande delusione mi allungò una pillola di Ansiolin.

«Non ha qualcosa di più forte?»

«Che? l'Ansiolin nun le piace?»

«In effetti no, preferirei il Tavor.»

«Se vole mette' qui lei al posto mio?»

«No, no, per carità.»

«Allora se pigli 'sto Ansiolin.»

Stavo per tornare indietro, quando mi venne un'idea e mi rivolsi di nuovo all'infermiera.

«Senta, scusi? Posso chiedere eventualmente il Tavor al dottore?»

Quella sbuffò: «Perché lei crede che i dottori stanno qui per lei? Pe' dalle er Tavor?».

«Be', no, ma ce n'è uno proprio davanti alla mia porta. Lì, lo vede?»

Si affacciò e si diresse verso di lui a passo di carica.

«Senta, dotto'.» Gridava, incurante del fatto che fossimo in piena notte.

Il medico si allontanò lentamente, spinse la sbarra dell'uscita di emergenza e scomparve.

«So' tutti principi» disse, tornando verso di me. «E principesse.»

Una volta in stanza, non riuscivo a smettere di pensare a quell'uomo. Nonostante il viso coperto dalla mascherina, avevo notato i suoi occhi. Erano piccoli, quasi attaccati al naso e incorniciati da un mono sopracciglio enorme. Al centro della fronte, un neo gigante come un terzo occhio. Quel neo mi aveva terrorizzata, era orribile. E perché era andato via? Quello stava aspettando qualcuno o, peggio, stava entrando col viso coperto. Mi drizzai a sedere. Ma certo! Era lì per me! Era stato interrotto dall'infermiera, ma quando lo avevo incrociato in corridoio stava di certo entrando nella mia stanza. E che cosa gli avrebbe impedito di tornare e portare a termine quello che non aveva neanche iniziato? Guardai l'Ansiolin sul comodino con sguardo nostalgico e feci un profondo respiro. Non potevo addormentarmi, dovevo rimanere vigile. Ne avrei approfittato per tenere sotto controllo anche il mio colorito, il giallo stava sfumando, ma non era detto si trattasse di un fatto positivo.

«Signorina, non dorme?» mi chiese improvvisamente la signora anziana, quella che all'inizio sembrava morta ma che ora era più sveglia di me.

«No.»

«Giochiamo a carte?»

«Volentieri!»

E così imparai il bridge. Anche se le carte non potevano impedire alla malattia di fare il suo corso, potevano tenermi lontana dai pericoli.

Ci trasferimmo nella sala comune dove ci raggiunsero altre due persone. Un uomo anziano con la bombola dell'ossigeno e un tubo che gli usciva dal naso e una donna di mezza età appena operata al gomito.

«Lei è fidanzata?» mi chiese a un certo punto Alma, così si chiamava la mia compagna di stanza.

«No, no, per carità. L'amore non fa per me. Poi ormai...»

«Ormai?! Io ho avuto tre mariti e sto aspettando il quarto» e questo lo disse rivolta all'uomo con l'ossigeno. «Non è mai troppo tardi per l'amore.»

Non risposi, anche se non ero d'accordo.

La vita può giocare scherzi strani e se per qualcuno questo è un bene, per me non lo era affatto. Perché quando ti sembra di aver capito tutto, quando sembra che i tuoi piani stiano procedendo come li hai programmati nel dettaglio, allora succede qualcosa che rimescola le carte in tavola e sconvolge tutto. Il segreto consiste nel non dare retta a quel qualcosa, non buttarsi a capofitto verso l'ignoto ma rimanere ben saldi al sicuro e riprendere il controllo della situazione. I rischi non fanno per me.

Al «non è mai troppo tardi» preferisco «ormai è tardi, lascia stare», anche se non è un vero e proprio proverbio.

3

«Rosa? Siamo arrivati» gridai entrando in casa.

Era una di quelle domeniche dedicate alla gita a Calcata.

Avevo trascorso un paio di giorni a casa e poi era arrivato il fine settimana.

Non che mi fossi rilassata, tutt'altro. Nonostante le mie proteste, mi avevano dimessa dopo solo una notte. Non c'era motivo che restassi in ospedale. Questo lo pensavano loro, però, io di ragioni ne avevo a bizzeffe.

Avevo un'infezione che si stava propagando nel mio corpo a causa di un morso letale, una commozione cerebrale e forse qualcosa di ancora non diagnosticato.

In più stava succedendo qualcosa di inspiegabile: Papadopoulos, dopo avermi dato appuntamento, era salito in macchina con un uomo. Stava scappando? E perché?

Ero certa fosse lui, i pantaloni di panno viola a fiorellini verdi e le scarpe gialle erano dettagli inconfutabili, e quando mi ero trascinata al supermercato, nonostante mi avessero ordinato il riposo assoluto, nel reparto frutta e verdura avevo visto un uomo che mi fissava, con un neo gigante al centro della fronte. Mi ero spaventata così tanto che ero corsa a chiedere aiuto a un commesso che stava sistemando la carne nel frigo.

«C'è un uomo nel reparto frutta e verdura!»

«Se è per questo, ce n'è uno anche qui che non è niente male.»

Aveva detto, squadrandomi da capo a piedi e soffermandosi sulle tette.

«Volevo dire» avevo proseguito, ignorando le sue avance, «che il mio ha un neo gigante proprio in mezzo alla fronte» e mi ero avvicinata per puntare il dito sullo spazio tra le sue sopracciglia.

«Io ne ho uno sulla chiappa, lo vuoi vedere?»

«Come se avessi accettato.» A quel punto, aveva alzato le spalle e si era dileguato.

Mi ero guardata intorno, circospetta, e nonostante l'uomo con il neo fosse scomparso, ero rimasta davanti ai surgelati per più di mezz'ora. Solo quando avevo cominciato a perdere sensibilità a braccia e gambe, mi ero decisa a tornarmene a casa, ma la sensazione di essere seguita non mi aveva abbandonata neanche per un minuto. Tanto che lo stesso pomeriggio, quando avevano suonato alla porta, ero sobbalzata sulla poltrona. Attraverso lo spioncino non ero riuscita a vedere chi fosse e il campanello aveva continuato a suonare. Mi ero decisa ad aprire solo quando avevo sentito la voce della povera signora Olga, del piano di sotto: «Cara, sono io, lo so che sei in casa, aprimi!».

Non potevo vederla perché è alta un metro e trentacinque e non arriva neanche alla maniglia, figuriamoci allo spioncino. Aveva saputo dell'incidente e mi aveva portato una torta di mele, e le mele.

Lo psicologo si ostinava a dire che avevo paura del cambiamento: «Si insinua lentamente. Un giorno gira l'angolo e scopre di essere diversa in una piccola cosa e il mondo non le sembra più come prima. Allora non sa da che parte andare, non ha idea di cosa fare, ma...».

«Non ha capito, io se giro l'angolo ci trovo l'uomo con il neo!»

«L'uomo con il neo rappresenta la paura del cambiamento.»

«No, l'uomo con il neo è proprio un uomo con il neo, e vuole uccidermi!»

«La vita è una continua battaglia tra ciò che vogliamo e ciò che ci impedisce di ottenerlo» aveva proseguito, «e lei è pericolosamente vicina all'impedimento.»

Erano anni che insisteva perché io riuscissi a lasciarmi andare, a farmi trasportare dalle emozioni. Secondo lui, l'ossessivo controllo a cui sottoponevo la mia intera esistenza mi impediva di essere la persona che avrei dovuto essere.

Ma difficilmente davo ascolto al mio psicologo.

Dopo l'episodio del supermercato avevo deciso di non uscire più, come i protagonisti dei film catastrofici. Tra la signora Olga e Grazia, che viveva nel mio stesso condominio, avevo provviste per un anno. Avevo passato tre giorni chiusa in casa a guardare *Anche i ricchi piangono*. Guglielmo mi aveva scaricato tutti i cartoni animati e le telenovelas sudamericane degli anni Settanta e Ottanta, da *La schiava Isaura* a *Ciranda de pedra*, passando per *Dancin' Days* e *Topazio*. Ormai vivevo solo per loro, Verónica Castro e Grecia Colmenares erano le mie attrici preferite.

Con questo stato d'animo mi preparavo ad affrontare la giornata da mia madre, accompagnata da Grazia, Luca, Guglielmo e pure Ettore, il gatto.

«Ah, che sorpresa. Perché non mi hai avvisata?» Rosa mi aveva riportato alla realtà.

«Ma l'ho fatto. Ti ho chiamata ieri. Oh, dio. Che cosa ti sei messa in testa?»

Mia madre era apparsa in soggiorno con un turbante verde pieno di lapislazzuli e una tunica dello stesso colore.

«Sto imparando la meditazione trascendentale.»

«Stai benissimo Rosa» disse Grazia abbracciandola. «Il verde ti dona.»

«Trovi?»

«Assolutamente.»

Luca e Guglielmo arrivarono subito dopo aver parcheggiato la macchina mentre io ero chinata a terra nel tentativo di fare uscire Ettore dalla gabbietta.

«Che cos'ha?» chiese mamma. «Perché non vuole uscire?»

«Non lo so. In questi giorni non sta bene, mi guarda in cagnesco più del solito.»

«Certo» intervenne Guglielmo, «è una gatta, non un gatto. La capisco, sai che confusione.»

«Dici che è per questo?»

«Hai idea di come mi sentissi quando mia madre si ostinava a vestirmi da maschio?»

«Ma tu sei un maschio!»

«Non bestemmiare.»

Avevo trovato Ettore sotto casa, sette anni prima. Era piccolissimo e infreddolito. Come potevo immaginare che fosse una femmina?

«E comunque Ettore è molto maschio nelle sue manifestazioni. Non ha nulla della gatta femmina.»

«L'hai trasformata in un trans.»

Per fortuna alla fine decise di uscire, andando ad acciambellarsi sul suo divano preferito.

Rosa aveva preparato dei tortini di porri e zenzero e delle verdure servite con erbe aromatiche.

Sperai non fosse marijuana.

Parlò a lungo del corso di meditazione trascendentale che stava seguendo, l'insegnante secondo lei era un uomo dai poteri straordinari. Nel linguaggio di Rosa, stava a significare che ci andava a letto e la cosa mi fece rabbrividire. Mia madre faceva più sesso di me.

«Invece... come sta tuo padre?» chiese a un certo punto a Grazia.

«Quale dei due?»

«Scusa, per me sono come un uomo solo!»

Scoppiarono tutti a ridere. Io non ci vedevo nulla di divertente.

La mamma di Grazia era morta dandola alla luce e suo padre, da sempre innamorato del suo migliore amico, l'aveva cresciuta insieme a lui. Formalmente, Carlo si era trasferito da loro per dare una mano al neopapà appena rimasto vedovo e Grazia era cresciuta con due padri. Entrambi molto ricchi. Questo le aveva permesso di fare una vita agiata, di vendere il suo appartamento a Monteverde e comprarne uno nel quartiere Flaminio dove l'avevo seguita, io stavo in affitto però. Lei aveva avuto due padri gay, io una madre sessantottina e anche un po' ninfomane, e tanti uomini nudi in giro per casa. Ecco spiegate le origini della nostra amicizia.

«Stanno benissimo, si sono dati ai balli latino-americani.»

«Salutameli tanto» e Rosa cominciò a sparecchiare.

Luca si alzò di scatto: «Ti diamo una mano, aspetta».

«Assolutamente no, faccio da sola, voi continuate a chiacchierare.» E scomparve in cucina.

«Che bella giornata» proseguì Luca.

«Forse per me è l'ultima» dissi.

«Allora dovresti approfittarne e fare tutto quello che hai sempre voluto fare. Almeno morirai felice e senza rimpianti. Inizierei a sistemare il tuo appartamento, poi passerei al look. Guglielmo potrebbe darti una mano, è l'unico che ancora crede ci sia una speranza.»

«Non c'è nulla che non vada bene in me.»

«Hai una casa che sembra un obitorio e vai in giro vestita come una grigia segretaria d'azienda. Attaccati un cartello con scritto NON VI AVVICINATE, darebbe il tocco finale.»

«Sono grigia?» chiesi rivolta agli altri.

«Fumé» concluse Guglielmo. «Però sarei felicissimo di contribuire a colorarti un po' la vita.»

Grazia e Luca scoppiarono a ridere, Ettore rotolò giù dal divano facendo cadere un libro mentre mamma entrava con le tisane.

Grazia si alzò da tavola per raccoglierlo:

«*Il deserto dei Tartari*?» chiese a Rosa.

«Non hai mai letto Buzzati?»

«No.»

«Dovresti. Prendilo, me lo restituirai quando lo avrai finito. Ad Agata lo leggevo tutte le sere per farla addormentare.»

E questo spiegava molte cose.

Giovanni Drogo, il protagonista, aveva ossessionato le mie notti. Veniva a trovarmi intasandomi i sogni e continuava a farlo, anche se con meno frequenza.

Il *Lamento di Portnoy* di Philip Roth invece, altra lettura serale di mia madre, mi aveva scioccata a morte. Leggere a una ragazzina il monologo che un nevrotico erotomane fa al suo psicanalista aveva avuto delle conseguenze disastrose.

Dovevo essermi distratta un po' perché nel frattempo le luci si erano spente e una musica inquietante fatta di flauti, triangoli, piatti e suoni della natura, aveva riempito la stanza.

Guglielmo e Luca si erano posizionati sul divano, accanto a Ettore che aveva miagolato contrariata.

Grazia si era seduta per terra, ai loro piedi, mentre Rosa era riapparsa reggendo tra le mani un vassoio di vimini. Ballava e cantava.

Sapevo che cosa stava succedendo: era il momento della distribuzione delle pietre.

Mi sedetti anche io, rassegnata.

La vidi volteggiare per la stanza e fermarsi proprio di fronte a noi.

«Per te cara» mi disse, «un turchese. Amuleto anti malocchio che preserva dalle cadute accidentali.»

Ecco, ne avevo davvero bisogno.

«Luca, a te l'ossidiana arcobaleno. La pietra del piacere.»

«Che meraviglia» rispose, battendo le mani.

«Per Guglielmo l'opale verde: totale relax.»

«Come facevi a sapere che ne avevo bisogno?»

«Grazia, la morganite. Stimola la creatività.»

«Stupenda!»

«E adesso lasciatevi trasportare dalla musica» e chiuse gli occhi.

Mentre la canzone ormai era interamente occupata da barriti di elefanti e ruggiti di leoni, i suoni di una foresta che nessuno di noi avrebbe mai visitato, la mia testa lavorava veloce.

Avevo paura. Prima di tutto qualcuno mi aveva aggredita, anche se forse non si era trattato proprio di un'aggressione. Poi c'era un uomo con un neo gigante in mezzo alla fronte che si aggirava per le strade della capitale pedinandomi ovunque io andassi. E non era la mia paura del cambiamento a seguirmi, ma proprio un uomo in carne e ossa. E che fine aveva fatto Papadopoulos?

Il suo cellulare risultava staccato. Sia io sia Schwarz avevamo provato più volte a chiamarlo.

Un grido di Rosa mi fece accelerare i battiti cardiaci.

«Che succede?»

«Niente, si stanno aprendo i chakra.»

Buttai fuori l'aria che avevo trattenuto per la paura e continuai a riflettere finché mia madre non decise che il rituale era terminato.

Durante il viaggio di ritorno in macchina rimasi in silenzio. Guglielmo e Luca, invece, non smisero un attimo di parlare. Grazia guardava la strada con aria sognante, stava frequentando il direttore della Banca di Bruxelles e io non le avevo neanche chiesto come stava andando. Non mi ero comportata da amica, dovevo tornare alla normalità. Con uno sforzo enorme, buttai lì l'argomento e per un po' mi persi nei suoi racconti mirabolanti. Una volta tornata a casa, però, le domande tornarono ad assalirmi. Non riuscivo a trovare pace e mi aggiravo nel salottino, sobrio e incolore come poteva essere un albergo nella Cracovia degli anni Settanta, per cercare di calmarmi, ma le immagini delle scarpette gialle di Papadopoulos e del neo gigante non mi abbandonavano.

L'improvvisa telefonata di Schwarz mi colse impreparata. Gridava frasi sconnesse da un posto lontano, probabilmente stava affogando nelle terme. Lo sentivo a tratti. Capii solo che il giorno dopo non sarebbe venuto a Barcellona con me. Voleva rintracciare a tutti i costi Papadopoulos per non perdere la collezione: da quando gli avevo accennato della presenza di un possibile dipinto di Segantini aveva perso la ragione.

Ma io ormai avevo smesso di ascoltarlo. Riuscivo solo a pensare che l'indomani era lunedì e che da mesi avevamo in agenda un incontro a Barcellona. E io odiavo volare. Quando riattaccai ero sconvolta. Quel viaggio però era importante. Xavier Sanchez, con cui avevamo l'appuntamento, sembrava avere dei dipinti molto pregiati: bisognava controllarli e fotografarli uno per uno.

Mi buttai sul divano e accesi la televisione. In casa non tenevo nessun oggetto, nessun soprammobile, nessun quadro a eccezione di un maxischermo con due casse talmente grandi e potenti che avrebbero fatto invidia a un rapper americano.

Mi erano costati un mese di stipendio ma ne era valsa la pena. Ve lo immaginate *Anche i ricchi piangono* visto su un monitor da cinquantasei pollici?

Sonnecchiai e durante il dormiveglia venne di nuovo a trovarmi Drogo. Era minaccioso, mi intimava di non uscire allo scoperto, indicava la fortezza. Poi si metteva a litigare con Portnoy. Quando la sveglia suonò, ero ancora sul divano, Verónica Castro piangeva e io realizzai che dovevo ancora fare la valigia.

4

«Benvenuta a bordo.»

La hostess mi guardava con aria sorridente, ma io avevo ben poche ragioni per ridere.

Quella mattina, appena sveglia, avevo preparato la valigia ed ero corsa in ufficio. La paura di volare aveva fatto passare in secondo piano tutto il resto, almeno così credevo.

La Mercy's si trovava dietro Campo de' Fiori, al terzo piano di un vecchio palazzo scricchiolante che apparteneva interamente a una ricca e anziana signora. C'era un lungo corridoio da cui si accedeva alle varie stanze. Quella dell'amministrazione, quella del dipartimento dei gioielli e dei dipinti e quella dell'ufficio clienti. In fondo c'erano il magazzino e la sala per le aste e le esposizioni.

Dividevo l'ufficio con Martina, la mia collega e amica, Schwarz e la stagista di turno.

Appena arrivata, avevo notato che il posto della stagista era vuoto, quello di Martina era sottosopra come al solito e il mio biglietto aereo era scomparso.

Me ne accorsi subito perché tutte le sere, prima di tornare a casa, rimettevo in ordine la scrivania sistemando le penne accanto all'agenda, davanti al computer. Mi ricordavo benissimo di aver messo lì anche il biglietto aereo. Non c'era più.

«Dov'è la stagista?» avevo chiesto a Martina. «E Schwarz? E il mio biglietto?»

«Ciao, Trambusti. Vedo che l'ospedale ti ha fatto bene. La stagista è andata con Schwarz a un appuntamento, il biglietto te l'ho preso io stamattina, dovevo controllare una cosa.»

«Lo avevo messo proprio qui, vedi? Simmetricamente accanto all'agenda e...»

«Mi rendo conto, la simmetria è importante, soprattutto per un biglietto. Ora lo cerco, spunterà da qualche parte» e aveva iniziato a sollevare i fogli impilati sul tavolo. Lo trovò sotto la tazza della colazione. «Eccolo! Che ti avevo detto?» Me lo restituì con un baffo di caffè proprio al centro.

«Ma è tutto sporco!»

«E allora? Ti faranno volare lo stesso.»

E Martina aveva ragione.

«Benvenuta a bordo» aveva ripetuto l'assistente di volo.

«Sì, certo, ma c'è poco da stare allegri.»

Alla hostess si smorzò il sorriso, finalmente.

«Ho cambiato idea, posso scendere? Mi sento soffocare, quest'aria non è sana. Da dove la prendete?»

«Si tranquillizzi, andrà tutto bene. È la prima volta che vola?»

«No, purtroppo» e cercai di darmi un contegno, senza riuscirci.

«Se mi mostra il posto a sedere la faccio accomodare» proseguì la hostess lanciando uno sguardo complice alla collega, sguardo che intercettai immediatamente ma che la mia paura cieca mi fece travisare del tutto.

«Che cosa sta succedendo?» chiesi. «Perché ha guardato la collega? C'è qualche problema? Un guasto tecnico?»

«Signori'» si intromise un uomo robusto accompagnato da una signora inguainata in una tuta di pelle di pitone, «er guasto tecnico ce l'ha ner cervello, ma quello nun se ripara facilmente.»

«La prego» intervenne la hostess, «mi mostri la carta d'imbarco.»

Sudavo freddo e mi girava la testa. Le gambe erano inchiodate a terra, che poi non era davvero terra e il pensiero peggiorò le mie condizioni.

«Ho la nausea.»

«Ade', passamo avanti che questa te vomita sulle scarpe de pitone.»

Pochi secondi dopo vidi l'uomo e il pitone che si allontanavano lungo lo stretto corridoio dell'aereo, erano così grossi che a stento riuscivano a passare tra i sedili. Nel giro di pochi minuti mi avevano superato tutti.

La hostess continuava a sorridermi. Aveva una paralisi facciale?

La collega le passò un foglio.

«Come si chiama?»

«Agata. Agata Trambusti.»

«Bene, Agata. Lei ha il 14F, venga che l'accompagno.»

La faceva facile, lei. A stento mettevo un piede davanti all'altro.

Cercai di farmi coraggio, in fondo il volo sarebbe durato poco più di un'ora. Che cosa poteva mai accadere in un'ora? Un qualsiasi virus ci avrebbe impiegato un paio di minuti a propagarsi in un ambiente come quello, una bomba ancora meno a esplodere, un guasto al motore poteva farci precipitare in pochi secondi.

Dovevo prendere un altro Tavor.

«Eccoci arrivate.»

Guardavo la hostess ma non la ascoltavo. Sentivo già la malattia insinuarsi attraverso le vie respiratorie, il ticchettio sordo di una bomba pronta a esplodere...

«Ah, annamo bene.» La voce dell'uomo robusto mi riportò alla realtà.

Ci eravamo fermate proprio accanto all'energumeno e al pitone.

«Zitto, Cesare, nun fa' er solito cafone.»

«No, scusi, ci deve essere un errore» gridai alla hostess. «Avevo chiesto un posto vicino al finestrino e sull'ala, ero stata chiarissima al riguardo. Se vuole le ripeto parola per parola quello che ho detto alla sua collega. Mi sono raccomandata più volte e...»

«Non c'è problema» disse un uomo alzandosi, «possiamo fare cambio, per me è indifferente. Le cedo volentieri il posto, se questo la fa stare più tranquilla.»

Io rimasi a fissarlo per non so quanto tempo poi, come colpita da una scossa elettrica, mi ripresi.

«La ringrazio molto, ma cambia poco. Le pare che siamo sull'ala?»

«In effetti no, ma...»

«Appunto, quindi è tutto inutile. Se l'aereo dovesse precipitare non ci salveremmo.»

Sorrise di nuovo. Ma che avevano tutti su quell'aereo? Si erano fumati gli spinelli di mia madre?

«Le porto qualcosa da bere» intervenne la hostess.

«Sì, ma dateje qualcosa de forte.»

«Cesare!»

«Che ho detto de male?»

L'uomo era in piedi che aspettava una mia decisione.

Mi lisciai la gonna e controllai i capelli, qualche ciocca era sfuggita allo chignon e ci misi un po' a rimetterle al loro posto. Forse era comunque meglio sedere accanto al finestrino, un margine di salvezza me lo avrebbe dato.

«Va bene, grazie» decisi. «Con permesso.»

Gli passai davanti con difficoltà. Eravamo in piedi, una di fronte all'altro schiacciati dalle due file di sedili. Non riuscivo più a muovermi e neanche lui.

«Mi scusi, colpa mia, sono grassa.»

«No, che dice? Non la trovo grassa.»

«Sì sì, lo sono. Dovrebbe vedere le gambe.»

Che cosa affascinante da dire a un uomo.

«Guardi, se riesce a sfilarsi la borsa... è quella che ci impedisce il movimento.»

«Certo, ecco.» Con il suo aiuto riuscii a togliermela e in effetti lo spazio tra noi aumentò.

A quel punto ci sedemmo entrambi e mi allacciai subito la cintura.

La hostess intanto era tornata con un bicchiere di vino che mi ero immediatamente scolata insieme a un'altra pillola di Tavor.

«Non dovrebbe prenderle insieme all'alcol.»

«Non si preoccupi, io non bevo.»

Lo vidi lanciare uno sguardo sconcertato al bicchiere vuoto.

«Ah, si riferisce a questo? No, non è niente, sono astemia. Mi serve solo per accelerare l'effetto del calmante, il Tavor è un po' lento, anche se lo trovo fantastico, sia chiaro. Lo preferisco ad altri ansiolitici. Non tutte le benzodiazepine hanno lo stesso risultato, con lo Xanax per esempio non mi trovo, mi fa venire il reflusso e devo prendere il Maalox. Insomma, una seccatura.»

«Capisco.»

In quel momento, il pilota annunciò che eravamo pronti al decollo, afferrai con forza i braccioli della poltrona. La testa prese a girarmi vorticosamente e le orecchie a ronzare, avevo la bocca impastata e la gola secca. Sudavo. Mi toccai i capelli ma anche le mani avevano perso consistenza.

Intanto l'aereo aveva preso velocità.

«Ma chi me lo ha fatto fare? Moriremo tutti, me lo sento.»

«Come dice?»

«Dicevo che è andata così, peccato.»

«Che cosa?»

«La vita» e allargai le braccia in segno di resa. «Fa niente, ci rifaremo nell'altra.» Afferrai tutte le pietre di Rosa alla rinfusa e le strinsi tra le mani.

Chiusi gli occhi non appena l'aereo si staccò da terra e mi affidai al destino.

Poi cominciai a canticchiare l'unica canzone che mia madre mi aveva insegnato quando ero piccola.

«*Cappuccetto rosso vieni, vieni qua*... Poi come faceva? Ah, sì. *Cappuccetto rosso vieni, vieni qua altrimenti il lupo poi ti mangerà*. Ho le palpitazioni. Mi sento soffocare!»

In quel momento il sedile davanti al mio si mosse e nello spazio tra i due posti apparve il volto di un uomo. Avevo gli occhi appannati, ma quello era un viso che non si poteva dimenticare: era il viso di Christian Bale. Sgranai gli occhi e cercai di dire qualcosa. Il cuore batteva velocemente. Afferrai il polso per contare i battiti ma, proprio mentre lui mi sorrise strizzando un occhio, persi i sensi, accasciandomi sulla spalla del mio vicino.

5

Mi risvegliai perché qualcuno mi stava bisbigliando all'orecchio e sentivo dei colpetti sulla spalla. Aprii gli occhi, avevo la testa appoggiata a una spalla maschile. La sollevai e il mio vicino di posto, imbarazzato, cercò di alzarsi.

«Siamo atterrati, dobbiamo scendere.»

«Oh Gesù, mi scusi tanto. Le ho sporcato la camicia?»

«No, non si preoccupi.»

L'aereo era quasi vuoto. I passeggeri rimasti erano impegnati a prendere le valigie dalle cappelliere. Allora mi ricordai tutto e provai ad alzarmi, ma una forza sconosciuta mi ributtò sulla poltrona. Ci riprovai. Ricaddi indietro di nuovo.

«Deve togliersi la cintura.»

«Certo, certo. Grazie.»

Una volta in piedi, la prima cosa che feci fu affacciarmi sulla poltrona davanti alla mia. Vuota.

Nel frattempo le pietre di mia madre erano rotolate sotto il sedile. Mi piegai per raccoglierle, ma fui preceduta dal mio vicino che ne trovò un paio e me le porse.

«È ossidiana» dichiarai. «Infonde coraggio.»

«È evidente.»

Recuperai le altre più avanti, una era quasi arrivata nella cabina di pilotaggio.

Mi sistemai i capelli, che erano tutti scompigliati, mi lisciai la gonna e mi preparai a scendere.

Almeno eravamo atterrati sani e salvi.

Mentre ero in fila in attesa di passare i controlli, allungai il collo per osservare le persone davanti e dietro di me. Di Christian Bale nessuna traccia, dovevo essermi immaginata tutto, forse anche i pedinamenti erano una mia fantasia.

Prima di prendere l'aereo avevo fatto un salto dallo psicologo, una seduta straordinaria all'ora di pranzo.

Per due notti di seguito avevo sognato di essere su una barchetta in mezzo a una tempesta. Guardavo atterrita quelle onde enormi sperando di arrivare sulla cresta e di passare dall'altra parte, ma non facevo niente per cercare di riuscirci. Sapevo che avrei dovuto almeno tentare, eppure ero paralizzata.

«Lei è la barchetta» mi aveva detto.

Una fissazione la sua. Prima ero l'uomo con il neo, ora la barca.

«No, io sono *sulla* barca.»

«Mettiamola così, se si trovasse davvero in mare aperto con le onde che continuano a spingerla sott'acqua, cosa farebbe? Non cercherebbe di resistere, di affrontare la tempesta?»

«Mi lascerei colare a picco!»

«Agata, sa cosa c'è alla base degli impulsi?»

«La stupidità?»

«No, il desiderio. Il desiderio è il carburante che ci dà l'impulso. È l'essenza di ciò che siamo. Eppure lei ha imparato a controllarlo, a sopprimerlo, insomma, a bandirlo. Certe volte una piccola inversione può essere positiva.»

«E la barca?»

Non mi aveva risposto.

E proprio mentre ero in fila, capii quello che il mio psicologo voleva dirmi: la barca ero io e le onde i desideri. Sì, va bene, e quindi?

Presi un taxi senza altri inconvenienti e mi diressi in albergo.

Avevo prenotato il Petit Palace nella Boquería di Barcellona, aveva un bellissimo giardino che affacciava sulla Rambla, ma non me lo sarei potuto godere perché l'aereo di ritorno era la mattina seguente.

Chiamai Sanchez e fissai l'appuntamento per il tardo pomeriggio. Poi mi buttai a letto e piombai in un sonno profondo. Sembrava che avessi preso una delle tisane di mia madre, quella che ti faceva entrare in coma dopo un paio di sorsi. Una volta l'aveva preparata a Bernardo, dopo che era tornato a casa sconvolto perché i suoi quadri non erano stati accettati a una mostra. Lo aveva annientato per quasi diciotto ore. Al risveglio non ricordava più nulla.

Sognai Drogo, stava morendo e si rivolgeva a me, usando proprio le parole del libro.

«E se fosse tutto un inganno?» mi sussurrava. «Se il coraggio non fosse che una ubriacatura? E se fra poco tornassi il Drogo di prima, debole e sconfitto?»

«Ma no» gli rispondevo. «Ormai non sei più quello di prima.»

«Anche tu devi cambiare.»

«Perché?»

«Perché io sto morendo.»

«Ci penserò.»

Mi svegliai di soprassalto e mi accorsi di avere dormito parecchio. Scesi dal letto e cominciai a prepararmi per l'incontro, indossai il mio solito tailleur, ma questa volta cambiai la camicia. Legai i capelli a chignon, inforcai gli occhiali e uscii. L'appartamento di Xavier Sanchez era in centro, poco distante dall'albergo, e decisi di andarci a piedi. Il clima era tiepido e meraviglioso, io stranamente felice. Forse si sentivano così quelli che sopravvivevano ai disastri aerei o forse il fatto di trovarmi a Barcellona mi faceva sentire tranquilla. Ero lontana dagli avvenimenti dei giorni precedenti e lì potevo ritenermi al sicuro. Arrivata a destinazione, feci un profondo respiro ed entrai.

Ancora non sapevo quanto mi stessi sbagliando.

6

Dicono che la vita sia una serie di istanti, grandi e piccoli, felici e tristi, e che siano proprio questi istanti a darle forma e significato. Non ci avevo mai creduto molto, ma quel giorno dovetti cambiare idea, quel giorno un solo istante fece scartare i binari. Quel giorno decisi di correre un rischio e scoprire che cosa avrebbe comportato.

L'incontro era andato molto bene, Sanchez aveva deciso di mettere all'incanto gran parte della sua collezione di quadri. Certo non erano all'altezza di quelli di Papadopoulos, ma avrebbero costituito il nucleo più consistente dell'intera asta. Feci molte foto e chiacchierammo per più di un'ora. Conosceva bene l'italiano, per fortuna.

Passeggiavo sulla Rambla in cerca di un posto dove mangiare, c'era tantissima gente ma riuscii a notare un uomo che mi seguiva. Era lontano e non potevo distinguerne il volto. Mi immersi nella folla e decisi che era la mia immaginazione a giocarmi brutti scherzi. Mi trovavo a Barcellona, era impossibile che mi avessero seguito fin lì. Solo quando mi fermai davanti alla vetrina di un bistrò e vidi la sua immagine riflessa nel vetro, lo riconobbi. Occhi piccoli, mono sopracciglio e neo al centro della fronte.

Che cosa aveva detto il mio psicologo? Che l'uomo con il neo rappresentava la paura del cambiamento?

Be', ora la paura del cambiamento era alle mie spalle e mi stava guardando.

Il cuore si fermò, iniziai a sudare e rimasi inchiodata per non so quanti minuti. L'unica cosa che potevo fare era entrare nel ristorante. Lui si accorse che lo avevo riconosciuto e nel momento in cui avanzò verso di me, scattai di lato e imboccai l'entrata del locale. Lo attraversai tutto, in cerca di una via d'uscita. Trovai il bagno invece, e mi infilai là dentro. Mi chiusi la porta alle spalle e ricominciai a respirare. E adesso? Non potevo certo uscire, lo avrei trovato fuori ad aspettarmi. Mi guardai intorno, l'unica via di fuga era rappresentata da una finestra, che però era troppo alta. Impossibile raggiungerla, avrei dovuto issarmi sulle braccia con tutto il corpo ma non ero mica Lara Croft! Bussarono alla porta e fu allora che notai il lavandino, proprio sotto la finestra. Ci salii sopra, allungai le braccia e mi diedi una spinta, aggrappandomi al davanzale. Sentii il vuoto sotto di me e mi ritrovai a penzoloni, le gambe non avevano un appoggio. Non avrei resistito molto in quella posizione. Mi veniva da piangere, forse ero solo pazza, forse non c'era nessuno dall'altra parte della porta e sarei potuta uscire tranquillamente. Quando però bussarono di nuovo e con più violenza, capii che l'uomo con il neo era davvero lì per me.

Il simbolo della mia paura di cambiare era dall'altra parte della porta, in carne e ossa, checché ne dicesse il mio psicologo.

Non sarei mai riuscita a scavalcare. Mi avrebbero trovata così, appesa a una finestra.

Fu allora che successe tutto.

Dall'altra parte della finestra, in strada, qualcuno mi afferrò le braccia.

Gridai e iniziai a scalciare, nel tentativo di liberarmi.

«Non tirare! Se fai così non riesco a tenerti.»

«Lasciami. Aiutooo!»

«Sto cercando di farti scavalcare, porca miseria!»

Mi immobilizzai.

Avrei riconosciuto quella voce tra mille. Christian Bale!

Ma come era possibile? Tutti i serial killer del mondo si erano dati appuntamento a Barcellona?

«Devi fidarti di me. Non voglio farti del male, hai capito?»

Mi arresi, meglio essere uccisa da lui che dal mostro con il neo!

Sentii il corpo che si sollevava verso l'alto, senza che io facessi niente.

«Gesù, quanto pesi.»

«Eh, lo so, sono grassa.»

«Devi fare leva su qualcosa, altrimenti non ce la faccio.»

«Non c'è niente su cui fare leva! Il muro è liscio!»

Non so come, riuscì a farmi arrivare alla finestra. Quando mi affacciai, lo vidi. Era salito su un bidone dell'immondizia per aiutarmi. Eravamo quasi occhi negli occhi.

Il suo sguardo mi fece mancare il respiro. Dimenticai perché ero lì, appesa a un davanzale. Se non avessero cercato di buttare giù la porta, sarei rimasta così per sempre.

«Scavalca, sbrigati.»

«Come?»

La faceva facile lui, io avevo addosso una gonna.

«Mettiti seduta e poi scavalca.»

«Okay, ci provo.»

«Piano, altrimenti non ce la faccio a prenderti.»

Non aveva mai mollato la presa e con le mani mi teneva le braccia.

«Non ti preoccupare, non è alto» mi diceva.

Ma io non riuscivo ad ascoltarlo, la vista si era annebbiata e il cervello aveva smesso di pensare. Non avevo mai sentito il mio corpo attraversato da tutte quelle sensazioni, per questo mi buttai. A volo d'angelo.

«No, che fai! Aspetta!»

Perse l'equilibrio e cademmo entrambi all'indietro.

Mi ritrovai sopra di lui. Rimasi così per una manciata di secondi, non di più, perché quando me ne accorsi, rotolai subito da un lato, rigida come il bastone di una scopa.

«Bene» sbuffò. «In un modo o nell'altro ce l'abbiamo fatta.»

«Gr... grazie.»

«Prego» e si alzò allungando un braccio.

Poi vide qualcosa e mi accorsi subito che la situazione si metteva male.

«Alzati! È qui!»

Afferrai la sua mano e mi sollevai.

Eccolo, l'istante. In quel vicolo buio di Barcellona, dietro alla Rambla, per una ragione che tutt'oggi ancora mi sfugge, decisi di fidarmi di quell'uomo.

«Non guardare me, guarda lui!» mi disse, indicando un punto dietro le nostre spalle. «Ci sta raggiungendo. Corri!» mi strinse la mano ancora più forte e si lanciò fuori dal vicolo, in mezzo alla gente, trascinandomi con sé.

Avrei voluto fare come diceva, ma avevo i tacchi e una gonna stretta. Con quei passettini piccoli e veloci sembravo una geisha, mi mancavano solo gli zoccoletti. E tutto il resto, s'intende.

«Porca miseria» esclamò. «Non riesci ad andare più veloce?»

«Come faccio?»

Intanto mi ero voltata per guardare se l'uomo con il neo ci stava ancora inseguendo. Era a un passo da noi.

«Aspetta un momento» gli gridai.

Mi sollevai la gonna all'altezza delle mutande, sotto gli occhi sbalorditi di un uomo che non avrebbe mai dovuto vedere uno spettacolo del genere.

Era imbambolato, allora gli afferrai la mano e me lo tirai dietro. Per i primi quindici secondi riuscii a stargli davanti, poi cominciai a sudare e a perdere la salivazione. Il cuore mi batteva all'impazzata, la gola era secca. Lui riprese il comando e ci buttammo a rotta di collo giù per le scale della metropolitana. Scavalcammo i tornelli e continuammo a correre. Cioè, lui scavalcò i tornelli, io passai dalla sbarra dei disabili.

Gesù, sembrava un film con Bruce Willis.

Appena arrivati sulla banchina passò un treno e ci saltammo dentro. Il vagone era molto affollato, mi appoggiai alla parete e chiusi gli occhi. Stavo per morire, me lo sentivo.

Quando li riaprii il suo viso era vicinissimo al mio.

«Stai bene?» mi chiese.

«Non ce la faccio più, mi metterei a piangere se ci riuscissi. Ma prima devo sedermi.»

Cercai con lo sguardo un posto che non trovai.

«Respira lentamente.»

Appoggiai le mani sulle sue braccia e provai a calmarmi. Quel contatto mi fece rabbrividire, le sue braccia erano dello spessore di quelle di Wolverine, che è un X-Men però.

«Non so neanche chi sei» borbottai cercando di darmi un tono.

«Fabrizio Calcaterra.»

Ero tramortita dalla sua vicinanza. Avrei preferito essere tra le mani dell'uomo con il neo piuttosto che con lui. Non ero normale.

«Mi hai salvato, giusto?» non ne ero ancora tanto sicura.

«Direi di sì, Trambusti.»

«Come sai il mio nome?»

«Credo che dovremo rimandare la nostra chiacchierata. Ci ha visti» e mi indicò con la testa il nostro inseguitore che stava fendendo la folla per raggiungerci.

Mi assalì lo sgomento di dover correre ancora, cercai una scappatoia: «E come faccio a sapere che tu sei il buono e lui è il cattivo?».

Mi guardò come si guarda una bambina che vuole fare la furba.

«Va bene» conclusi rassegnata. «Tu sei il buono, ma di correre ancora non se ne parla!»

«Non fare i capricci. Usa le belle gambe robuste che ti ritrovi e seguimi.»

Non ebbi il tempo di metabolizzare la frase, perché il treno si fermò proprio quando l'uomo con il neo ci raggiunse.

Fabrizio, se davvero era quello il suo nome, mi spinse fuori dalla porta.

Ricominciammo a correre, io sempre in mutande.

Ma perché tutto questo stava succedendo proprio a me?

Cambiammo treno non so quante volte, perdendo il senso del tempo, ma soprattutto dell'orientamento.

Stavo talmente male che non ricordavo più di essere a Barcellona. Le persone mi guardavano incuriosite, una giovane donna in mutande stava correndo per tutta la metropolitana della città.

La rampa di scale per risalire in superficie mi fu fatale, arrivata in cima mi aggrappai alla ringhiera e decisi di non muovermi più. Mi mancava l'aria e sentivo le guance avvampare.

Intorno a noi non c'era niente e ormai era buio. Mi portai una mano sul petto e aspettai la morte.

Finalmente lui se ne accorse: «Forse dobbiamo fermarci».

Annuii, buttando fuori una vocale e un soffio d'aria.

«Come dici?»

Annuii di nuovo.

«Porca miseria, stai male?»

Annuii con maggior foga.

Si guardò intorno, sperai in cerca di un ospedale.

«Ce la fai a camminare fino a lì?» e indicò una scritta al neon rosa lungo la strada.

Valutai la distanza, cinquecento metri? Troppo.

Scossi la testa.

«Dai, su!»

Mi prese sotto braccio e mi staccò dalla balaustra di ferro. Camminai strascinando i piedi.

«Dove siamo?»

«Non lo so. In periferia, direi.»

«Lo abbiamo seminato?»

«Sì.»

Mi sentii sollevata. L'aria cominciava anche a circolare di nuovo nei polmoni.

«Eccoci arrivati. Entriamo qui dentro.»

Non mi ero neanche accorta che avevamo fatto i famosi cinquecento metri ed eravamo davanti all'ingresso di un locale.

Un buttafuori gigante ci bloccò quasi subito.

«¿Adónde vais?»

«Possiamo entrare?» chiese.

«¿Teneis la invitación?»

«Un invito? No» intervenni io, «ma dovremmo davvero entrare.»

Lui mi squadrò da capo a piedi, soffermandosi a lungo sulle mutande, o meglio sulla gonna arrotolata sopra le mutande. Arrossii e mi affrettai ad abbassarla.

«Es la bailarina?» chiese a Fabrizio.

Esitò un attimo e disse: «Sì, sì. *Es* la ballerina».

«Ma che stai dicendo?»

«Lascia fare a me.»

«Estábamos esperando. Rápido, rápido, el vestuario está en la parte inferior» e ci spinse all'interno.

Il locale era buio e impiegai qualche secondo a mettere a fuoco l'ambiente.

Quando successe, gridai.

7

«Ma questo è un bordello!»

«Un locale per scambisti, credo.»

Cuscini rosa a forma di cuore erano sparpagliati su divani che assomigliavano a triclini, tende dello stesso colore separavano il locale principale dalle altre stanze, statue di putti dorati reggevano vassoi ai lati di ogni ingresso. Il tocco di classe erano le piscine con idromassaggio.

«Che cosa ci facciamo qui dentro? Andiamo subito via.»

«Finché restiamo nel locale siamo al sicuro, ora cerchiamo il camerino.»

«Questo è un incubo, ora mi sveglio e... Il camerino? Quale camerino?»

«Sei la ballerina, ricordi?»

«Stai scherzando?!»

«¿Perdone?» Chiese a un altro energumeno che si aggirava per il locale. «*¿Dónde está el...* come si dice camerino?» disse rivolto a me.

«*Vestuario*, credo. Ma noi non dobbiamo...»

«¿Dónde está el vestuario?»

«Al final a la derecha.»

«Certo, sempre in fondo a destra, come i bagni» borbottai.

«Dai andiamo.»

«Ma andiamo dove?»

«Eccoci arrivati» e mi spinse dentro dopo avere aperto una porta.

Venni catapultata in una stanza piccola e piena di donne indaffarate a cambiarsi. Quando videro Fabrizio lanciarono gridolini divertiti.

«Scusate, tolgo subito il disturbo» disse galante, e fece per uscire.

«No, dove vai?»

«Non è che devi davvero ballare, Trambusti. Rimani qui per un po', nella confusione non ti noteranno. Poi ci inventiamo qualcosa per uscire.»

Fabrizio scomparve, chiudendosi la porta alle spalle. Mi guardai intorno, le ragazze erano bellissime e, per la maggior parte, nude.

«¿Todo bien?» mi chiese una di loro, avvicinandosi.

«Niente va bene. Sto male, ho mal di testa e non so che cosa ci faccio qui.»

Scoppiai a piangere. Non mi capitava spesso, anzi, ma fui presa dal panico e tutta l'adrenalina che mi aveva portato fin lì crollò di colpo.

Mi accasciai su una sedia in lacrime.

Cercavo di calmarmi, mi dicevo che Fabrizio aveva ragione, sarebbe stato sufficiente restare nascosta in quella stanza per un po' e poi uscire. Però poi mi guardavo intorno e l'ansia tornava ad afferrarmi la gola, preferivo essere la barchetta in mezzo al mare, piuttosto che la ballerina di un locale per scambisti. Avevo bisogno di mia madre, dei miei amici. Mi sembrava che tutto il mio mondo fosse crollato.

In un bordello.

E mi facevano malissimo le gambe.

Vidi la ragazza che si chinava davanti a me, teneva in mano qualcosa.

«Che cos'è?»
«Es un calmante.»
«Tipo Xanax?»
«Exacto.»
«Muchas gracias.»
Lo ingoiai senza neanche l'acqua.
«Ne potrei avere un altro?»
«¿Otro?»
«Sì, grazie. Ne prendo sempre due, uno non mi fa niente.»
La vidi parlottare con un'altra ragazza, poi tornò da me con lo Xanax.
«Grazie, grazie mille!»
Una questione di minuti e la botta arrivò. La sentii partire da dentro, dalla bocca dello stomaco, e poi irradiarsi per tutto il corpo. Le gambe smisero di farmi male, la testa anche, mi attraversò uno strano formicolio, come una scossa elettrica, e scattai in piedi, piena di energia.
«Cazzo, cazzo che figata questo Xanax!» gridai.
La ragazza si avvicinò e la abbracciai.
«Ti voglio bene» le dissi. «Voglio bene a tutte voi» continuai rivolta alle altre. «Sono così felice.»
Iniziai a saltellare per tutta la stanza e a rovistare nell'appendiabiti.
«Allora, quando si comincia?»
«Dentro de una hora.»
«Un'ora??? Ma manca pochissimo. Come si fa?»
Tirai fuori un reggiseno e un paio di mutande.
«No, questi sono bucati» borbottai, guardandoli bene.
Le ragazze scoppiarono a ridere.
«Bucati, sia il reggiseno che le mutande. Peccato.»
«¿Necesita ayuda?»

«Un aiuto? Sì, grazie!»

E mi ritrovai completamente nelle loro mani.

Due ragazze si occuparono del trucco e una dell'acconciatura, mentre le altre erano impegnate nella scelta del costume. La disinvoltura con la quale mostravano i loro corpi nudi era invidiabile. Non ero turbata dalla situazione, gli amici di mia madre erano molto più brutti, quello che mi dava da pensare era il fatto che per la prima volta dopo anni, anche io avrei voluto spogliarmi.

Appena pronta, mi guardai allo specchio. L'immagine che vidi riflessa ci mise un po' ad arrivarmi al cervello. Quando accadde, prima sgranai gli occhi, poi scoppiai a ridere.

Indossavo un body in pelle nera allacciato davanti e il reggicalze dello stesso colore. Gli stivali erano alti fino al ginocchio e i capelli, più lunghi di quanto ricordassi, erano raccolti in una coda di cavallo. Una mascherina copriva gli occhi, truccatissimi. Le labbra, rosse come il sangue, mi sembravano enormi. In mano avevo un frustino.

Non mi ero mai sentita così donna in vita mia.

«¡Muy bonita!»

«Cazzo!»

«Vamos.»

«Sì, sì, *vamos, vamos*!»

Mi giravo in continuazione per guardarmi allo specchio, non riuscivo a smettere, tanto che quasi non mi accorsi che eravamo uscite dal camerino.

Passai davanti a Fabrizio brandendo la frusta. Non mi riconobbe, continuava ad allungare il collo per guardare oltre la schiera delle ballerine. Alla fine non trovandomi decise di avvicinarsi al camerino.

Lo fermai: «Ehi, sono qui!».

Non sembrava aver capito, allora mi tolsi la maschera. «Agata.»

«Oh, porca miseria. Ma cosa ti sei messa?»

«Non sono bellissima?»

«Sei pazza!»

«Non bellissima?»

«Sì, anche, ma...»

«Bene, allora io vado. Fammi l'in bocca al lupo.»

«No, un momento. Agata!»

«Se non stai buono ti frusto!» e lanciai una scudisciata che andò a schiantarsi contro il muro sopra la sua testa, evitandola per un pelo.

Poi seguii le altre lungo il corridoio, finché non uscimmo su una specie di palcoscenico, che in realtà era un bancone piazzato proprio in mezzo alla sala. Ognuna aveva un posto ben definito, tranne me. Girai su me stessa un paio di volte e per poco non finii giù dal palco. Tenermi in equilibrio su quei tacchi a spillo risultava complicato. La ragazza dello Xanax mi indicò la posizione: vicino a un palo proprio al centro del palco. La testa mi girava e cominciai a sospettare che quello che avevo ingerito non fosse proprio Xanax. Afferrai l'asta per non cadere e sentii brusii di approvazione provenire dalla platea affollata, se così poteva essere definita. Guardai tutta quella gente dall'alto della mia posizione, ma riuscire a metterla a fuoco era tutt'altra storia.

Intravidi l'uomo con il neo e mi spaventai. Come aveva fatto a trovarci? Sapevo che non poteva riconoscermi, non ci sarebbe riuscita neanche mia madre, ma mi agitai ugualmente. Dovevo avvertire Fabrizio. In quel momento qualcuno fece partire la musica e le luci si spensero. Come posseduta da una forza soprannaturale, e sempre attaccata al palo, iniziai a far roteare i glutei. Fabrizio si era avvicinato al palco e mi intimava di abbassarmi. Lo feci ondeggiando.

«Che stai facendo?» urlò, cercando di parlare più forte della musica.

«Sto ballando» gli risposi urlando a mia volta.

«Scendi subito.»

«Non posso.»

«Perché?»

«Perché sono una professionista.»

«Porca miseria.»

«Guarda chi è appena entrato...» e glielo indicai con il sedere.

Lui si girò e ne approfittai per risalire.

Mi stavo divertendo tantissimo, ancheggiavo e usavo il frustino per fendere l'aria.

Un uomo in piedi accanto a Fabrizio mi fece un cenno e capii al volo. Mi abbassai di nuovo e con una mano gli accarezzai le guance. Quel mestiere ce lo avevo nel sangue.

«Muy bonita» mi disse. «¿Vamos en el privé?»

«Con *mucho gusto*!» Gli risposi.

Calcaterra s'intromise: «No, Trambusti, ma che dici?».

«Sei geloso?»

Mi avvicinai, gli presi la testa tra le mani e lo baciai. E quel bacio travolse ogni cosa. Mi sentii mancare la terra sotto i piedi tanto che dovetti tornare in gran fretta in posizione eretta.

Ripresi a ballare dopo avergli lanciato uno sguardo veloce, Fabrizio aveva la bocca impiastricciata del mio rossetto e gli occhi sbarrati. L'uomo che voleva portarmi nel privé gli urlò qualcosa che non riuscii a sentire, Calcaterra gli rispose, gli animi si stavano scaldando. Vidi l'uomo con il neo comparire dietro di loro. Sorrideva. Quello che successe dopo non lo ricordo. La testa mi girava sempre di più ed ero attraversata da ondate di nausea. Continuai a ballare anche se intorno a me vedevo tutto buio e appannato. Sentii le ragazze gridare, un paio di secondi dopo crollai a peso morto sul palco.

Il mio ultimo pensiero fu per Rosa e Bernardo. Chissà se dopo la mia morte sarebbero riusciti a coronare il loro tardivo sogno d'amore.

8

«¿Agata Tanbusti?»

L'agente di polizia era in difficoltà mentre leggeva il mio nome sul documento.

«Trambusti.»

«¿Trambusti?»

«Che le devo dire?» esclamai. «È il cognome di mia madre» e scoppiai a ridere.

Poi notai che il tavolo su cui ero appoggiata era sporco. Abbassai la testa per guardare meglio e mi spaventai, era pieno di macchie giallognole.

«Questo posto non è igienico, lo sa?»

«No entiendo.»

«Dicevo che qui è molto sporco, potrei ammalarmi gravemente. Ha notato il tavolo? Mi ci sono anche appoggiata.»

«¡Yo no entiendo nada!»

«E questi pallini bianchi sulla pelle?» e allungai il braccio verso di lui. «Eccoli! Pallini bianchi. Un principio di scorbuto, è evidente. C'è un dottore qui?»

L'agente sbatté con violenza la mia carta d'identità sul tavolo e fece per uscire.

«Non faccia così, non mi lasci da sola!»

Lo seguii con lo sguardo finché non scomparve dietro una porta. Mi guardai intorno, non solo il tavolo era sporco, ma anche il pavimento e le pareti. Cominciai a grattarmi le braccia, più le grattavo, più mi sembrava che i pallini bianchi si ingrandissero. Con la coda dell'occhio percepii un movimento alla mia destra, mi voltai, c'era un'altra donna seduta. Mi guardava e si grattava come me.

«Anche lei ha delle macchie bianche? Non mi stupisce, ci stanno facendo ammalare!»

Non rispose. Continuavo a fissarla e lei a fissare me. Aveva qualcosa di familiare che non riuscivo a mettere a fuoco, guardai meglio, i suoi occhi erano cerchiati e il rimmel le era colato sulle guance. Aveva un aspetto orribile. Allora mi spaventai e scattai in piedi, quella fece altrettanto. Che fosse una drogata? Un'assassina? Mi avvicinai con disinvoltura, per non provocarla. Un bel sorriso e un atteggiamento amichevole le avrebbero fatto capire che eravamo sulla stessa barca.

Solo quando me la trovai di fronte notai i dettagli, indossava un body in pelle tutto strappato, anche le calze non erano messe bene e aveva i capelli spettinati, sporchi e appiccicati alla testa. Sulla fronte c'era del sangue rappreso. Certo, doveva essere una prostituta.

«Mi sentite?» gridai rivolta al vetro. «Lo so che siete lì dietro, lo guardo anch'io *Law & Order*. Non potete tenermi chiusa qui dentro, devo andare in bagno!»

Appoggiai le braccia sui fianchi in segno di disapprovazione e la donna appoggiò le braccia sui fianchi, come me.

Questa poi.

Mi avvicinai ancora di più, ero a un palmo dal suo naso. Tirai fuori la lingua. Inclinai la testa a destra, poi a sinistra. Sgranai gli occhi. Lei mi seguì in tutto e per tutto.

Gridai.

A quel punto la porta si spalancò di nuovo e mi girai di scatto: «Sono io?!».

L'uomo che era appena entrato guardò il vetro, poi me. «Direi di sì.»

Indietreggiai e cercai la sedia con le mani, mi lasciai cadere. Nel dubbio sbirciai per vedere che cosa faceva quell'altra. Si era seduta anche lei.

Ero decisamente io.

«Allora, veniamo a noi» e mentre lo diceva vidi entrare anche l'altro agente, quello con cui avevo parlato prima.

Ma perché ero vestita in quel modo indecente? Che fine aveva fatto la mia roba?

Non mi ricordavo niente e avevo un fortissimo mal di testa.

«Per favore, può chiamare un dottore?» chiesi. «Come ho già mostrato al suo collega, ho delle macchie sulla pelle. Sarà scorbuto o un'infezione da streptococco. Potrebbe essere anche la piodermite batterica, non lo escluderei.»

I due si scambiarono uno sguardo interlocutorio.

«Senta, lei è un uomo molto comprensivo» proseguii, «e parla italiano, per fortuna. Allora capirà che se non potete chiamare un dottore io devo proprio andare. Tra l'altro, ho bisogno urgentemente di un bagno.»

«Prima vorremmo che rispondesse a un paio di domande.»

«Ho diritto ad avere un avvocato» non ero proprio sicura. «Giusto? Cioè, credo sia un mio diritto. E a fare una telefonata.»

«L'ha già fatta.»

«Ah, sì? E chi ho chiamato?»

«Lei non collabora.»

Scoppiai a ridere. «Mi scusi, sono molto confusa. Non sa che cosa mi è successo prima. Ho creduto... cioè, pensavo che ci fosse un'altra donna qui dentro. E invece ero io.» Forse la piodermite batterica poteva dare alla testa perché ridevo sempre di più.

«Perché non ci dice la verità? Chiuderemmo questa storia molto più in fretta.»

Tentai di darmi un contegno, anche se mi risultava difficile con questa specie di strana euforia che mi partiva dallo stomaco. Pettinai i capelli con le mani cercando di infilarli in ciò che rimaneva di un elastico, ci rinunciai quasi subito: «Niente, non vogliono proprio stare a posto».

«Chi è?» mi incalzò l'agente che parlava italiano.

«Chi?»

«Lei!»

«Non si arrabbi, non avevo capito.»

«Che cosa ci faceva in quel locale? Ci lavora? È una prostituta? Una escort? Una ballerina di lap dance?»

Sgranai gli occhi e risi ancora più fragorosamente: «Io una escort? Ma lei sa quando è stata l'ultima volta che ho fatto sesso?».

Per un attimo l'agente perse la parola.

«Due anni fa! Due anni, capisce?»

Si riprese subito: «Lo sa perché è in stato di fermo?».

«Sono in stato di fermo?»

«Ha aggredito un poliziotto che cercava di calmarla ed è imbottita di amfetamine. Spaccia anche? Dall'Italia? Traffico internazionale?»

«Io non mi drogo. Forse mia madre, qualche volta, giusto uno spinello qua e là. Io però non ho mai approvato, che sia messo a verbale!»

«Está colocadísima.»

Era stato l'altro poliziotto a parlare.

«Cos'è la *colocadísima*? Un'infezione al colon?»

«No. Vuol dire che lei è drogata marcia.»

«Drogata? Io? Non sono una drogata, credetemi. E neanche una prostituta. Non bevo, non fumo, massimo un bicchiere di rosso a settimana. Sta scrivendo?»

Il problema era che non riuscivo a smettere di ridere.

«Scusate, non so che cosa mi è preso. Vorrei collaborare ma non ricordo nulla. Come sono arrivata qui?»

«Con la polizia.»

«Ah, giusto. Ora posso andare in bagno? Ho bevuto così tanto che...»

«Quindi ammette di essersi anche ubriacata? Prima o dopo avere preso le amfetamine?»

«Ma no! Ho bevuto dell'acqua, tanta acqua. Ah, e qualche pasticca di Xanax» e risi ancora più forte. «Ora ci vorrebbe del Maalox, per il reflusso. Lei non ha mai il reflusso?»

«Ho capito, non vuole collaborare. Forse una notte in cella le farà tornare la memoria.»

Mi presero da entrambi i lati e mi trascinarono lungo un corridoio buio.

«No, che cosa state facendo?» scalciavo, ma senza ottenere grandi risultati. Allora chiusi gli occhi e mi abbandonai a uno dei due, quello che parlava italiano e mi sembrava il più affidabile perché aveva gli occhi belli.

Quando li riaprii mi ritrovai dietro le sbarre, insieme ad altre quattro signore, che non sembravano proprio delle signore.

«Buonasera.»

«Hija de puta.»

«Una puttana? Io? No, no, no. Sono tutti fissati qui dentro.»

«¿Por qué, no te gustan las putas?»

Lì dentro, la donna che mi aveva rivolto la parola sembrava comandare e mi stava a un centimetro dalla faccia.

«Se mi gustano? Certo che sì, *mucho*. Ma voi dovete capire che qui è stata fatta un'ingiustizia!»

«¿Injusticia?»

«Sì, esattamente.»

«¡Bienvenida!»

E scoppiarono a ridere.

Mi piacevano queste signore.

«Appunto. Un'ingiustizia.»

«Díganos.»

«Volete che vi racconti? Certo, certo. Sono sicura che voi mi capirete.»

«Adelante compañera.»

«*Adelante*, sì, *adelante* compagne!»

Spolverai bene la panca, mi accomodai tra loro e iniziai a raccontare quel poco che ricordavo.

Parte seconda

9

«Ad averlo saputo prima, ti avremmo pagato uno stage qui a Barcellona.»

Luca stava guidando la macchina che aveva noleggiato in aeroporto per venirmi a prendere e riportarmi in albergo. Ogni tanto, a sorpresa, cercava di scattarmi una foto con il cellulare.

«La smetti?»

«È per il mio archivio.»

«Quale archivio?»

«Voglio conservare il momento. Neanche a carnevale ti sei mai vestita così. Anzi, ora che ci penso, tu a carnevale non ti sei mai mascherata.»

«Certo che no.»

A quanto pare la famosa telefonata che i poliziotti sostenevano avessi fatto, l'avevo fatta davvero. Avevo chiamato Grazia che a sua volta aveva chiamato Luca. Guglielmo lo aveva quasi costretto a prendere il primo volo per Barcellona la mattina stessa. Se non fosse stato per lui, Luca mi avrebbe lasciata marcire in galera. Comunque, lo Squalo mi aveva fatto scarcerare, in questo era bravissimo.

«Che cosa gli hai detto?»

«La verità, che non avevano prove sufficienti e che sei una donna malata.»

«Giusta linea di difesa, potevo anche morire in cella.»

«Mi riferivo alla malattia mentale, più che a quella fisica. Ora mi spieghi cosa è successo?»

Glielo raccontai, o meglio gli raccontai quello che ricordavo.

«Guarda che se volevi divertirti, bastava dirlo, ti avremmo assecondata tutti, non c'era bisogno di finire in carcere. Sei una principiante.»

«Tu non mi credi.»

«No.»

Pensai a Fabrizio e mi rabbuiai. Che fine aveva fatto? Possibile che fosse scappato, lasciandomi sola in quel locale, in balia di maniaci sessuali e poliziotti?

«Hai fatto anche lo spogliarello?»

«Come?»

«Lo spogliarello. Sai quella cosa che si fa levandosi i vestiti a tempo di musica?»

«Lo so che cosa è uno spogliarello! Non credo, non mi ricordo.»

«Un'orgia?»

«Mio dio» il cuore perse un battito. «Dici che ho fatto sesso?»

«Magari! Purtroppo tu stai aspettando la secchezza vaginale.»

«Sai dirmi come sono finita in prigione?»

«Certo. Ti sei impasticcata e, a quanto pare, hai fomentato una rissa. Quando sono arrivati i poliziotti ne hai atterrato uno con un pugno e hai cercato di violentarne un altro.»

«Mi stai prendendo in giro?»

«Assolutamente no.»

«Forse dovremmo fermarci in ospedale. Analisi del sangue, tac cranica, kit stupro.»

«Il kit stupro dovrebbero farlo ai poliziotti, e comunque non c'è tempo: ho preso i due biglietti di ritorno per il primo pomeriggio. Morirai in patria.»

Sospirai e guardai fuori dal finestrino cercando di concentrarmi, ma avevo il vuoto in testa. Buio totale. Ogni tanto qualche immagine: io attaccata a un palo, Calcaterra che dava un pugno a un uomo, di nuovo io e il palo, una frusta. Se Olivia Benson, sempre quella di *Law & Order*, fosse stata qui, avrebbe saputo cosa fare. Soprattutto, mi avrebbe creduto, lei e tutta la sua squadra.

A un certo punto pensai anche di essermi immaginata tutto: l'uomo con il neo, l'inseguimento in metropolitana, Calcaterra. Oddio, se le cose stavano davvero così ero pazza, pazza come Barbra Streisand in *Pazza*, pazza come quelli che vedono i complotti del governo ovunque e pensano di avere dei microchip sottocutanei. Mi vedevo rinchiusa in una clinica dalle pareti tutte bianche e imbottite. Erano ammessi a farmi visita amici e familiari, ma io, stordita dalle medicine e felice, neanche li riconoscevo.

«Che fai? Dormi in macchina?» Luca era appoggiato alla portiera, in attesa che mi decidessi a scendere, non mi ero neanche accorta di essere davanti al mio albergo.

Entrai nell'atrio come in trance. Alla reception nessuno si stupì di vedermi arrivare vestita da coniglietta di *Playboy* in versione funerale. Presero i documenti di Luca senza degnarmi di uno sguardo e ci fecero salire.

«Fatti una bella doccia, io intanto avviso gli altri che ti ho recuperata. Grazia non ha chiuso occhio da quando ha ricevuto la tua telefonata e Guglielmo per poco non sveniva, sai che è molto sensibile. Se non fossi venuto a prenderti non me l'avrebbe mai perdonata.»

«Neanche io.»

«Cambierai idea quando ti presenterò la parcella.»

Deglutii e sperai fosse una battuta. Entrai in bagno mentre lui frugava nelle tasche in cerca del telefono.

Mi era dispiaciuto lasciare le ragazze in cella, soprattutto Dolores, la grassona. Ci eravamo scambiate i contatti Facebook anche se, da quello che avevo capito, non poteva usarlo spesso perché il suo ragazzo, nonché protettore, era geloso. «Está muy enamorado» mi aveva confessato. «Innamorato?» le avevo chiesto stupita. A quel punto si era intromessa un'altra: «Es un cabrón». E io, non vista, avevo annuito vistosamente. Dolores l'aveva afferrata per i capelli e l'avrebbe picchiata se non avessi cominciato ad applaudire: «Molto meglio di una telenovela» avevo esclamato ad alta voce.

Le donne si erano voltate verso di me e Dolores aveva gridato: «¿*Topacio*?».

Avevamo passato il resto della nottata a parlare di Grecia Colmenares.

L'uomo con il neo era scomparso ed era l'unica cosa positiva dell'intera faccenda. Uscita dalla prigione mi sarei aspettata di vederlo in piedi davanti al cancello, appoggiato alla sua macchina e con le braccia incrociate, in attesa di uccidermi, come nei film americani. In realtà avevo solo calpestato una cacca mentre scrutavo l'orizzonte e, proprio mentre cercavo di pulire il tacco della scarpa strusciandolo sul marciapiede, pensai che poteva essere successo qualcosa a Fabrizio. Allora mi ero paralizzata. L'immagine di lui chiuso in uno sgabuzzino, legato e imbavagliato, mi aveva fatto rabbrividire. C'era anche un uomo, chino su di lui, con dei ferri in mano. L'uomo con il neo. Ecco perché non era lì ad aspettarmi: in quel momento stava cercando di estorcere informazioni su di me a Calcaterra.

«Dobbiamo andare alla polizia!» gridai a Luca uscendo dal bagno.

«Stai scherzando? Sei stata con loro tutta la notte» e approfittò della mia distrazione per scattarmi un'altra foto. «Questa è venuta proprio bene.»

Mi buttai a sedere sul letto. Che cosa mi stava succedendo? Io, Agata Trambusti, mi ero drogata, avevo ballato mezza nuda intorno a un palo ed ero finita in cella. Mantenere il controllo sulla mia vita era stato fino a quel momento la mia bandiera, come poteva essermi sfuggito tutto di mano in quel modo?

«Come faccio adesso a continuare a vivere?» chiesi con voce tremante.

«Questo ce lo chiediamo un po' tutti.»

«Intendevo dire adesso che ho la fedina penale sporca. Insomma, come farò a tornare al lavoro, a rifarmi una vita?»

Luca scoppiò a ridere. «Mi sto organizzando per darti una nuova identità, ho già fatto un paio di telefonate.»

«Non scherzare.»

«Tesoro, devi smetterla di guardare *Law & Order*, non ti fa mica bene. La tua fedina penale è immacolata!»

«Davvero?!»

«Certo.»

Allora tutto era ancora possibile e recuperabile. Sarei tornata a Roma, alla vita di sempre, e mi sarei lasciata questo spiacevole episodio alle spalle. Avevo solo un compito da svolgere, che mi sembrava doveroso, e poi avrei chiuso la faccenda. Appena rientrata, dovevo andare alla polizia e denunciare la scomparsa di Calcaterra. Dovevo salvarlo come lui aveva fatto con me. Poi sarei corsa dallo psicologo e infine mi sarei rinchiusa in casa per il tempo che mi restava da vivere.

10

Non riuscivo a concentrarmi granché. Il telefono squillava in continuazione e Claudette, la responsabile dell'ufficio clienti, si affacciava ogni dieci minuti.

«Quella cretina della Tatti è in malattia.»

Tatiana, o la Tatti, era il braccio destro di Claudette, o meglio, la sua schiava.

«Colpa di questi medici conviventi.»

«E con chi convivono?» le chiese Martina, che si divertiva a prenderla in giro.

«Chi?»

«Questi medici...»

Nel suo sguardo passò una nube. Intervenni in suo aiuto: «Volevi dire conniventi».

Rimase impietrita per qualche secondo poi lei e le sue scarpe Prada si voltarono e uscirono.

«L'unica cretina qui è lei, non quella poveraccia di Tatti.»

Martina era inferocita, non sopportava Claudette e la sua inutilità.

«Beata lei, non ha un solo pensiero al mondo.» Io ne avevo tantissimi.

Ero tornata da Barcellona il giorno prima e avevo fatto quello che mi ero riproposta, almeno per quanto riguardava i primi due punti: la polizia e lo psicologo. Ero riuscita anche a passare dal medico di base il quale, pur di non ascoltarmi, mi aveva prescritto a scatola chiusa le analisi del sangue.

La polizia non aveva creduto a una parola di quello che avevo raccontato e nemmeno il mio psicologo.

«Spesso, Agata, la cosa che ci fa più paura è quella che dobbiamo fare» mi aveva detto.

«Lei mi sta dicendo che devo buttarmi sull'uomo con il neo?»

«Le persone vengono qui perché temono quello che hanno dentro, in realtà è l'unico posto in cui possono trovare ciò di cui hanno bisogno.»

Mai che mi desse una risposta chiara.

La poliziotta era stata meno enigmatica, mi aveva ascoltata, aveva preso appunti e poi, guardandomi negli occhi, mi aveva chiesto: «Lei si droga? È per il verbale».

Mia madre invece, a sorpresa, si era dichiarata colpevole: «Ti ho cresciuta allo stato brado. Tutti quegli uomini in casa, liberi...».

«Che cosa c'entra con quello che mi è successo?»

«C'entra, c'entra. Lo so io che c'entra. Se avessi dato ascolto a Bernardo...»

«Non ti seguo.»

«Dovevo farti leggere *Cime tempestose* e *Orgoglio e pregiudizio*, ma ero terrorizzata venissi su come Catherine o peggio come Elizabeth Bennet.»

«E cioè?»

«Una cretina in cerca di marito!»

Quanto sarebbe stato tutto più semplice invece, pensai.

Avevo anche cercato Fabrizio Calcaterra su internet, ma con scarso successo. In fondo, chi mi garantiva che quello fosse il suo vero nome?

Tutto aveva avuto inizio in quella maledetta villa, ma perché? Che cosa nascondeva?

Ripensai al Segantini, di cui mi ero completamente dimenticata, e feci una breve ricerca iconografica.

Trovai subito quello che cercavo: il titolo del quadro era *Ave Maria a trasbordo* di cui però esistevano solo due versioni, una conservata in una collezione privata di Zurigo, l'altra al museo Segantini a St. Moritz. Che cosa ci faceva una terza versione a casa di Papadopoulos?

Provai a chiamarlo, anche se sapevo che sarebbe stato inutile, infatti l'utenza risultava staccata. Forse bisognava tornare in quella villa. Forse, qualcuno mi avrebbe aperto e avrei potuto dare un'altra occhiata al dipinto. Ero così eccitata per la scoperta che dimenticai completamente l'uomo con il neo, Barcellona e Calcaterra. No, a dire la verità di Calcaterra mi ricordavo benissimo.

All'ora di pranzo, mentre Martina e io stavamo uscendo, si presentò Schwarz.

Senza neanche dargli il tempo di sedersi gli andai incontro e gli raccontai quello che avevo scoperto.

«L'*Ave Maria a trasbordo*» bisbigliò con gli occhi che gli brillavano. «Te lo dico io» proseguì, «quello è andato da Sommersby con il Segantini.»

Non ci avevo pensato, avrebbe giustificato la sua scomparsa. Spesso accadeva che i potenziali clienti cambiassero idea o, peggio ancora, decidessero di affidare l'asta alla concorrenza.

«Cosa possiamo fare?» chiesi.

«Un ultimo tentativo. Tornare lì.»

«Stavo pensando che potrei...»

«No, è un compito che spetta a me, proverò a passare nel pomeriggio. Maledetta Sommersby.»

Lo lasciammo imprecare e ci incamminammo verso il ristorante.

Era una bellissima giornata di sole e ogni mia paura sembrava spazzata via. Ero di nuovo a Roma, al mio lavoro, con i miei amici e tutto stava tornando alla normalità. Presto quello che mi era successo sarebbe stato solo un ricordo, un episodio da raccontare ai nipoti, non miei s'intende. Grazia e Martina avrebbero prima o poi messo su famiglia.

Ci sedemmo al tavolo nel nostro solito ristorante, in una piccolissima via tra Campo de' Fiori e piazza Navona.

«Ti vedo meglio» disse Martina mentre leggeva il menu del giorno.

«Mi sento meglio, in effetti.»

«Niente più uomo con il neo, droghe e assassini?»

«No.»

«Non stai più morendo?»

«Quello sì. Dopo una notte in cella mi sarà venuto di tutto.»

«Però sei sopravvissuta. Vuol dire che ogni tanto puoi anche concederti una pausa di divertimento.»

«Ma a che prezzo? Lo streptococco in cambio di una serata di cui per altro non ricordo nulla?»

«Stasera ho tango, perché non vieni con me? Non è rischioso e ti farebbe bene. Il tuo psicologo ha ragione quando dice che queste cose ti succedono perché hai paura di cambiare. Non potresti cambiare e basta?»

«Non voglio cambiare. E per diventare cosa poi?»

«Una donna!»

«Perché? Non lo sono forse?»

«No, e se venissi a tango con me te ne renderesti conto da sola. Sembri una suora laica.»

«Non tua suocera?»

«Quale suocera? Mica sono sposata, per fortuna.»

«Il tango non si balla tutti appiccicati?»

«L'idea è quella, serve a lasciarsi andare, a fidarsi dell'altro, perché è l'uomo a condurre e...»

«Io non ho problemi di fiducia e sai quanti microbi ci si possono trasmettere? Altro che se è rischioso, rischiosissimo. Poi stasera ho la mia lezione di krav maga e subito dopo la riunione di condominio.»

«Tu non hai problemi di fiducia?»

«No, ho un sacco di malattie, ma nessun problema di fiducia! L'hanno pulita l'insalata, secondo te?»

«L'insalata? Immagino di sì, che ne so?»

«Scusi?» chiamai il cameriere e quello si avvicinò subito. «Avete lavato l'insalata?»

«In che senso?»

«Nel senso se è stata pulita, sciacquata prima di essere messa nel piatto e condita. Sento uno strano formicolio alla testa.»

«Ora le passa» disse Martina al cameriere alzando gli occhi al cielo. «È ipocondriaca.»

Il cameriere si allontanò stranito.

«Non sono ipocondriaca, dico solo che quest'insalata ha qualcosa che non va.»

«Va bene, ci stanno avvelenando, ce ne faremo una ragione» rispose Martina con un tono di condiscendenza.

«Non è un bel modo di morire.»

«E tu non avresti problemi di fiducia? Lo psicologo che dice?»

«E chi lo capisce?»

Il pomeriggio volò, alle nove sarebbe cominciata la riunione di condominio. Grazia aveva una cena di lavoro e le avevo promesso che me ne sarei occupata io. Avevo tutto il tempo di andare a lezione di krav maga e poi cenare. La palestra si trovava a due isolati da casa mia e mi piaceva tornare a piedi: dal centro al quartiere Flaminio era una bella passeggiata e mi avrebbe aiutato a schiarirmi le idee. Non capivo perché ero riuscita a buttarmi tutto alle spalle tranne Calcaterra, era un pensiero fisso. Che fine aveva fatto, che cosa stava combinando, chi era veramente?

Chiamai lo psicologo.

«Lei si sta evolvendo» mi disse, dopo il mio sproloquio iniziale. «E deve permettere a se stessa di farlo. Pensare è facile, agire è difficile, mettere in pratica i propri pensieri è la cosa più difficile al mondo. Non può controllare tutto, non può controllare quello che sente, ma può controllare cosa fare a riguardo. Creiamo noi il nostro destino ogni giorno della nostra vita.»

«Non capisco...»

«Parliamo di questo Fabrizio Calcaterra.»

«No.»

«Le piace.»

«Assolutamente no!»

«E invece sì, ma ha paura di stare male. Ed è la paura di stare male che la trattiene e di cui si deve liberare.»

«E se non ci riesco?»

«Non è questione di riuscire o non riuscire, deve decidere quello che vuole diventare e diventarlo. L'alternativa è trascorrere il resto della vita intrappolata nelle sue paure. Vivere o morire.»

«Morire!» esclamai.

Riattaccai molto perplessa e arrivai a lezione arrabbiatissima, Olsi se ne accorse subito.

Quel giorno indossava i pantaloni della mimetica e una maglietta con scritto FIGHT AND FURIOUS in perfetto stile film americano.

Durante la lezione mi ero distratta a osservare la solita anoressica con le cuffie che faceva gli squat in un angolo della sala pensando di essere in un locale di spogliarelliste. Intorno a lei gli uomini facevano finta di sollevare pesi guardandole il sedere, se si fosse seduta su una tazza del cesso immaginaria lo avrebbe sporto di meno. Mentre tentavo di imitarla inarcando la schiena e mostrando le chiappe, fui assalita alle spalle da Olsi.

«Devi essere sempre all'erta, Agata.»

Ero stesa al suolo a faccia in su come un bacarozzo ribaltato.

«Che mal di schiena» mi lamentai.

«State tutte attente, ragazze. Se siete a terra perché qualcuno vi ha fatto cadere, voi cosa fate?»

«Io mi fingo morta» mormorai.

«Non è quello che ti ho insegnato. Non è finita finché non è finita. Giusto?»

«Giusto!» gridarono tutte.

«Quali sono le regole principali?»

«Distanza, velocità ed equilibrio!» urlò il coro.

«La fate facile voi, siete in piedi.»

«Sbagliato! Hai quattro armi cariche e due barriere, braccia e gambe. Usale.»

Mi venne addosso e mi massacrò. Poi fece altrettanto con le altre. Solo la settantenne del gruppo riuscì a difendersi benissimo.

Pensavo alle parole del mio psicologo, secondo lui era arrivato il momento di mettersi in gioco. Io non ero affatto d'accordo, se sai che qualcuno ti farà del male, perché andargli incontro?

È innaturale andare verso una delusione già annunciata. Non siamo costretti a esporci così tanto, a essere così vulnerabili. Perché faticare a incontrare un uomo che inevitabilmente finirà col farti soffrire?

Olsi mi lesse nel pensiero e mi sferrò un gancio che non so come riuscii a evitare.

Lo presi come un segno, l'unica cosa giusta da fare era difendersi dagli assalti della vita.

11

Uscita dalla palestra mi sentivo rigenerata. Trovai sul cellulare una telefonata di Guglielmo e lo richiamai. Mi raccontò una storia assurda a proposito di sua sorella: «Quando ero piccolo le rubavo gli scaldamuscoli rosa e ballavo facendo finta di essere Madonna. Allora mia madre si arrabbiava e mi obbligava a fare Romeo nella recita a scuola».

«Non vedo il nesso.»

«Tu sei mia madre.»

«Non diciamo sciocchezze. Non ti farei mai recitare in *Romeo e Giulietta*, non saresti credibile.»

«Sto dicendo che ti ostini a non vedere ciò che invece è evidente. Non è mai troppo tardi per essere ciò che vuoi. La differenza tra quello che sei e quello che vorresti diventare sta in quello che fai e in come lo fai.»

«Giuro che non vi capisco.»

«Voi chi?»

«Tu e il mio psicologo, perché siete così complicati?»

«È evidente a tutti, Agata. Datti una mossa» e aveva chiuso la conversazione in modo sbrigativo.

Sul pianerottolo avevo incrociato Mei Lin, la proprietaria del salone mani e piedi del quartiere. Era affannata dopo la rampa di scale.

«Io no posso più fale scale, su e giù tutto giolno.»

«Almeno ci teniamo in forma» le avevo detto come manifestazione di cortesia.

«Io no bisogno, io maglissima. Tu folse...» E si era chiusa la porta alle spalle.

Una volta in casa, l'appetito mi era passato, forse anche a causa del fatto che Mei Lin mi avesse dato della cicciona tanto che, senza accorgermene, avevo sommerso di croccantini la ciotola di Ettore. Che si rimpinzasse lei al posto mio, ma Ettore non sembrava dello stesso avviso e mi guardò con disprezzo.

«Che vuoi? Ti lamenti sempre che te ne do pochi. Ora te li mangi!»

Si era trascinata verso il cibo e ci aveva affondato una zampa, disgustata, poi l'aveva subito ritratta dando una scrollatina. L'avevo lasciata sola a confrontarsi con le sue follie e mi ero diretta verso le mie. In piedi, di fronte allo specchio, presi una decisione: non era il momento di fare cambiamenti, checché ne dicessero tutti. Rivolevo indietro la mia vita e, in ogni caso, era troppo tardi per farmene una diversa. In fondo, che cosa potevo desiderare di più? Avevo un lavoro, gli amici... Non c'era posto per emozioni forti, quelle erano buone solo a offuscare la mente. Non avevo mai capito perché le persone pur di essere amate andavano incontro a continue delusioni e incertezze. Si poteva vivere senza tutto questo, e anche bene. Tra un paio di mesi ci sarebbe stata un'asta importante e, con o senza Papadopoulos, si doveva procedere.

Proprio in quel momento mi chiamò Schwarz.

Il sopralluogo sull'Appia era stato un buco nell'acqua. Gli aveva aperto una cameriera e gli aveva riferito che il signor Papadopoulos era dovuto partire per l'estero a causa di una serie di impegni urgenti, lei doveva pulire la casa e provvedere a chiuderla per tutta la durata dell'inverno.

Mi sentii sollevata, era tutto finito, ora potevo tornare alla mia vita.

Controllai l'ora, era tardissimo, dovevo sbrigarmi. Ettore mi guardò seccata mentre la lasciavo. Corsi giù per le rampe di scale ed entrai a discussione cominciata, la questione all'ordine del giorno riguardava proprio l'ascensore, una parte dei condomini era assolutamente a favore, una piccola frangia si opponeva.

Palmiro (come Palmiro Togliatti, ci teneva a sottolinearlo in ogni occasione) era dell'idea che non bisognasse metterlo.

«Ai miei tempi si faceva la rivoluzione» stava dicendo proprio mentre entrai.

Tutti avevano alzato gli occhi al cielo e sbuffato, me compresa. Per partito preso ero contraria alle idee di Palmiro, mi ricordavano troppo quelle degli amici di Rosa.

Mei Lin si alzò di scatto: «Signol Palmilo. Io lavolo tutto giolno e faccio su e giù». Questa frase l'avevo già sentita, ora avrebbe dato del ciccione anche a lui. «Chi se ne flega della livoluzione.» Mei Lin aveva più fantasia di me e una parola giusta per tutti.

La signora Olga guardava malinconica il suo cane Nicola, chiamato così in memoria di Nicola II Romanov, che cercava di mordere i pantaloni di Asif, uno degli arabi che viveva nel palazzo. Gli altri erano stranamente silenziosi.

«Direi di metterlo ai voti» si intromise Falcinelli, l'amministratore.

«Facciamo per alzata di mano?» chiese Olga. «Non ho portato gli occhiali.»

«Per me va bene, ma dica al suo cane di smettere di mordermi i pantaloni.»

«Non gli piaci.»

«E a me non piace lui.»

«Agata, cara. Sei silenziosa. Tu cosa ne pensi?»

Pensavo che non me ne fregava niente dell'ascensore, pensavo alla mia notte in prigione e al fatto che forse mi ero drogata davvero, pensavo alla mamma di Guglielmo e al mio fegato che pulsava schiacciato dal peso di una terribile e fulminante epatite.

«Scusate, ho la delega di Grazia e per lei l'ascensore va bene.»

«E certo, quella c'ha i soldi» borbottò Palmiro.

«Tu non fale niente, noi invece bisogno di ascensole. Se no va bene, stai a casa a fale livoluzione o a magna'.» Ecco, era arrivata la parola buona anche per Palmiro.

«Per cortesia, un po' di ordine.» La voce rude di Falcinelli era esasperata, non ne poteva più, era evidente.

«Direi di iniziare con le votazioni, altrimenti facciamo troppo tardi.»

Non si riuscì a procedere: polemiche, litigi, battibecchi inutili a cui cercai di prestare attenzione con scarso successo. La riunione si protrasse per ore, si votò verso le undici e tutti, tranne Palmiro, si pronunciarono a favore dell'ascensore. Ero distrutta, volevo andare subito a casa a dormire ma la signora Olga mi tenne inchiodata, mi chiese di Grazia e del lavoro. Mi domandò come mai non fossi ancora fidanzata e, mentre gli altri tornavano nelle loro case, io cercai di formulare una risposta valida.

«Non è mai troppo tardi, mia cara» concluse Olga, piazzandomi sotto il naso due biscotti alle mandorle che per poco non mi spaccarono una protesi.

Anche Alma, la signora dell'ospedale, ne era convinta e mi aveva detto la stessa cosa. Beate loro. Che poi, vista l'età di entrambe, non mi sembrava che avessero ancora tutto questo tempo. Tardi era tardi, avrei voluto risponderle, cosa che in effetti feci, ma riferendomi all'ora.

La salutai e nel buio del condominio ormai deserto cominciai a salire la rampa di scale.

Quella notte dormii poco e male. Sognai Drogo, indossava gli scaldamuscoli rosa della sorella di Guglielmo e cantava *Mi vendo* di

Renato Zero. Nel cuore della notte mi svegliai e rimasi a guardare il soffitto e a pensare.

Non potevo immaginare quanto la signora Olga e Alma avessero ragione.

E forse anche Guglielmo.

12

Era tardissimo, non avevo sentito la sveglia perché mi ero addormentata alle prime luci dell'alba. Maledissi Drogo e Renato Zero e mi precipitai fuori. Non avevo previsto che ci fosse qualcuno ad attendermi fuori dalla porta. Qualcuno con un neo gigante piazzato in mezzo alla fronte.

Rimasi senza fiato.

Lui invece mi sorrise.

Indietreggiai, sperando di riuscire a rientrare in casa e a chiudere la porta, ma lui fu più veloce di me, mi afferrò per un braccio e mi trascinò verso le scale. Cercai di divincolarmi, provai anche a gridare, ma era come se qualcuno mi avesse conficcato in gola una palla da biliardo, perché mi uscì solo una specie di rantolo. Mi tenne ancora più stretta, prendendomi sotto braccio.

«Seguimi, senza di' 'na parola. Nun prova' a chiede' aiuto.»

E come avrei potuto farlo? Sentivo chiaramente una cosa metallica che mi premeva contro un fianco, avevo la gola secca, sudavo freddo e mi tremavano le gambe. Non ero nelle condizioni di emettere un suono, né tantomeno di parlare. Pensai che Olsi era un uomo inutile e che io ero finita.

Mi guardai intorno, senza sapere bene che cosa cercare.

«L'amico tuo ce l'abbiamo noi.»

Noi? Ma noi chi?

«Nun te preoccupa', ce facemo solo 'na chiacchierata.»

«Non so niente» riuscii solo a dire. Non so niente? Che razza di frase era?

Mentre scendevamo le scale incrociammo la signora Olga, a quell'ora andava sempre al mercato. Sentii affiorare dentro di me la speranza e tentai il tutto per tutto. Sgranai gli occhi, sbattei le palpebre a intermittenza cercando di comunicarle con lo sguardo il pericolo incombente, ma più che lanciare segnali sembravo soffrire di orbitopatia tiroidea.

«Buongiorno, cara» disse rivolgendo uno sguardo malizioso al mio accompagnatore. «Che bel ragazzo.»

Bel ragazzo?

«Grazie, signora» rispose lui, almeno era educato.

«Ti accompagna al lavoro?»

Annuii e continuai a sbarrare gli occhi nel tentativo di farle capire che non era affatto così, ma quella mi arrivava appena all'ombelico e non si accorse di niente, felice com'era di vedermi finalmente con un uomo.

Proseguimmo la discesa e più andavamo avanti più sentivo che per me era finita.

Sperai di incrociare Grazia, ma poi mi ricordai che era rimasta a dormire da Eugenio, il direttore di banca.

Appena fuori, ci dirigemmo verso una macchina parcheggiata dall'altra parte del marciapiede.

Se qualcuno ci avesse incrociati saremmo sembrati una coppietta che passeggiava a braccetto, nessuno poteva vedere la pistola puntata verso di me e coperta da un giaccone che teneva piegato sopra il braccio. Cercai di fare resistenza, rallentai il passo, non dovevo salire su quella macchina, non avrei più avuto scampo. Il cuore mi batteva velocissimo.

«No» provai a dire, «non voglio entrare lì, mi chieda tutto quello che vuole ma per favore...»

In quel momento lo sportello posteriore si spalancò, mi spinse dentro e mi ritrovai tra due uomini che non avevo mai visto.

Lui si mise al posto del conducente, accese il motore e partì.

Ero al capolinea, mi avrebbero portata lontano, uccisa e seppellita da qualche parte.

E non avrei mai saputo perché.

Come avevo fatto a essere così stupida? Avevo creduto davvero che quello che mi era capitato potesse essere uno scherzo della mia immaginazione? Maledissi la mia superficialità e maledissi anche il mio psicologo, che doveva sempre dare un'interpretazione a tutto quello che mi succedeva. Qui c'era ben poco da interpretare.

«Dove mi state portando?» riuscii a chiedere. «Ci deve essere stato uno sbaglio. Io...»

«Conosci Papadopoulos?»

«Sì, ma...»

«Allora nun c'è nessuno sbajo.»

«No, un momento, non è che lo conosco davvero. Insomma, quando è che si può dire di conoscere veramente una persona? Sì, avevo un appuntamento con lui, però...»

«Nun devi raccontarle a me 'ste cose.»

«Lei mi dica a chi le devo raccontare, allora.»

«Stiamo proprio andando da lui.»

«Lui chi, scusi?»

«Gaetano.»

Pronunciò il nome con tale solennità che io stessa mi convinsi che bisognava assolutamente che gli parlassi, annuii con fiducia e non dissi più niente.

Tra l'altro, non mi era certo sfuggita l'allusione all'amico che sostenevano essere nelle loro mani, dove con amico non potevano certo riferirsi a Luca o a Guglielmo. Doveva trattarsi di Calcaterra e il solo pensiero mi fece accelerare i battiti.

O era una malformazione cardiaca?

13

Non so per quanto tempo viaggiammo in quella macchina, lungo strade che non conoscevo. Durante tutto il tragitto non smisi di pensare alla mia vita.

Stavo per morire e mi seccava ammettere di non avere vissuto un granché, la cosa più eccitante che mi era accaduta era stata proprio la serata nel bordello. D'altra parte morire subito poteva anche essere una liberazione, vista la malattia che avevo contratto mi sarei risparmiata mesi di cure, forse anni. Tossii e mi sistemai meglio sul sedile, rinfrancata. L'altra questione un po' più delicata era la faccenda di mio padre, chissà se mi avrebbero concesso un'ultima telefonata a Rosa, prima di spararmi un colpo in testa e seppellirmi. Ma certo, che diamine! E mia madre sarebbe stata costretta finalmente a rispondermi.

I miei pensieri furono interrotti dall'energumeno a destra, che frugò nella mia borsa e mi porse il cellulare. Era già arrivato il momento? Quanta fretta, pensai.

«Grazie, posso chiamare mia madre?» chiesi.

Quello mi guardò stordito come un pugile a fine carriera, ma io proseguii imperterrita. «Sa, è una cosa delicata, non posso semplicemente chiederle chi sia mio padre. Se potessi avere un po' di privacy...»

«Manda un messaggio in ufficio, di' che sei malata» intervenne il neo ambulante.

Mi sentii sollevata, anche perché la telefonata con mia madre avrebbe richiesto almeno un breve consulto con lo psicologo.

Pensai a Martina, le scrissi un messaggio in codice: «Sto facendo tardi per la nostra lezione di tango. Non aspettarmi, entra senza di me».

Io odiavo il tango, avrebbe capito che mi trovavo in pericolo.

La risposta non tardò ad arrivare: «Fai poco la spiritosa, so che sei andata a fare le analisi. Sbrigati che qui in ufficio è un inferno».

Ci rimasi malissimo, come aveva fatto a non capire? Stavo per mandargliene un altro quando mi sequestrarono il cellulare.

Dopo quasi un'ora ci fermammo. Mi fecero scendere e non riuscii nemmeno a guardarmi intorno perché mi spinsero all'interno di una tabaccheria che sembrava la versione hollywoodiana del tempio di Afrodite, ai lati dell'ingresso c'erano due colonne con capitelli dipinte di rosa. Avrei voluto soffermarmi di più sulla struttura architettonica, ma non ce ne fu il tempo. Notai parecchia gente seduta alle slot machine, nessuno sembrò badare a me. Tenendomi sempre sotto braccio, l'uomo con il neo mi condusse nel retro. Mi ritrovai davanti a una porta sprangata, lui fece scattare la serratura, la spalancò e mi spinse dentro: «Sta' bona qui».

«Un momento, non mi chiuderete mica a chiave? Sono un po' claustrofobica, se poteste lasciare anche solo uno spiraglietto...»

Per tutta risposta lui sbatté la porta e sentii un rumore di chiavi.

Rimasi in piedi attaccata al muro, stordita dalla paura, vagai con lo sguardo in cerca di una via d'uscita, ma incrociai solo pacchi di sigarette, accendini, quaderni, rotoli di scottex. Era uno sgabuzzino piccolo e soffocante. Dovevo calmarmi, chiusi gli occhi e cominciai a iperventilare. «Inspira, espira» borbottai. «Inspira, espira.» Ripensai a *Misterioso omicidio a Manhattan*, Woody Allen restava chiuso in ascensore con Diane Keaton e immaginava di essere un cavallo. Mi sembrò una buona idea e ripetei: «Sono uno stallone, io sono uno stallone che corre libero per i prati».

«Trambusti, non ti ci vedo nei panni di uno stallone.»

Il cuore smise di battere e spalancai gli occhi.

La prima cosa che notai fu l'ombra di un corpo sdraiato in fondo alla stanza, di fronte a me. Stava cercando di alzarsi.

«Porca miseria, che botta.»

Quando fu in piedi ebbi la certezza che quello che avevo solo sperato fosse vero. Non so che cosa mi passò per la testa, forse pensai davvero di essere uno stallone perché presi la rincorsa e mi avventai verso di lui.

Lo vidi spaventarsi e cercare di reagire, ma gli mancò il tempo perché si ritrovò le mie braccia al collo, lo stringevo così forte che per un attimo mi mancò il respiro.

«Porca miseria, Trambusti. Pensavo voleste uccidermi, tu e lo stallone.»

«Sono così felice di vederti!»

«Lo vedo.»

«Sei ferito?» chiesi.

«Solo nell'onore, una bella botta in testa.»

Sentivo il suo corpo contro il mio e sarei rimasta così per tutta la vita.

Dopo un attimo di smarrimento anche lui mi strinse a sé, se stavo per morire quello era un buon modo per farlo. Quando sentii la sua mano accarezzarmi la schiena e poi il collo pensai che potevano anche entrare e spararci in quel momento. Ma come nelle migliori telenovelas sarebbe arrivato qualcuno a salvarci.

«Non ti preoccupare» mi sussurrò all'orecchio. «Non ti faranno niente, li conosco. Usciremo presto, vedrai.»

Fu una doccia fredda, cosa voleva dire che li conosceva? Era un loro complice?

Mi allontanai da lui e cercai di riprendere il controllo. Mi sistemai i capelli, incrociai le braccia al petto.

«In che senso li conosci?»

«Non avere paura, vedrai che...»

«Non avere paura? Ho passato una notte in cella per colpa tua, dovrò affrontare una lunga malattia, ora mi hanno rapita e tu mi dici che andrà tutto bene?»

«Mi dispiace» disse lui con distacco. «Per la prigione, intendo, credevo te la saresti cavata.»

«Ma se ero drogata marcia!»

«Questo è vero» ammise, lasciandosi scappare un sorriso.

«Insomma» gridai, battendo i piedi a terra. «Vuoi spiegarmi che cosa sta succedendo?»

«Da dove vuoi che inizi?»

«Potresti cominciare col dirmi chi sei, per esempio.»

«Fabrizio Calcaterra.»

«Me l'hai già detto, ma come faccio a crederti?»

Alzò gli occhi al cielo e tirò fuori dalla tasca la carta d'identità. Gliela strappai dalle mani, guardai subito la foto, poi lui, di nuovo la foto e ancora lui.

«Trambusti, sarò anche un po' invecchiato; ma ti garantisco che sono io.»

«Potrebbe essere falsa.»

«Potrebbe, ma non lo è.»

«E nella foto hai i capelli più lunghi.»

«Nel frattempo sono andato dal barbiere.»

«Va bene» dissi, e gliela restituii.

«Che altro posso dirti? Sono un insegnante di musica e...»

Sgranai gli occhi incredula: «Un insegnante di musica?».

«Ti aspettavi qualcosa di meglio?»

In quel momento la porta si spalancò ed entrò un uomo che

avrei ricordato per tutta la vita. Se uno con una pistola puntata ti annuncia solenne che stai per incontrare un certo Gaetano, non ti aspetti certo di vedere Danny DeVito o qualcuno alto come la signora Olga. Aveva una croce dorata appesa al collo e una camicia bianca aperta fin quasi all'ombelico, sarebbe stato completamente calvo se non si fosse dimenticato di tagliare due ciuffi al centro del cranio, schiacciati dal gel.

Indietreggiai e Fabrizio avanzò, mettendosi tra me e lui.

«Gaetano» disse. «Non c'era bisogno di coinvolgere anche lei.»

Quindi avevo ragione, Calcaterra era un complice. Mi sentii morire.

«Questo lascialo decidere a me.» La sua voce era profonda, ma non minacciosa.

Avanzò verso di noi. «Mi scuso per il modo in cui l'hanno portata qua» disse rivolto a me. «Spero nun l'abbiano strapazzata troppo.»

«Sì, cioè no, a parte la pistola e tutto il resto...»

«Ah, quella era d'obbligo» disse alzando le mani con fare innocente. «Se no nun sarebbe venuta, giusto?»

«Giusto» risposi.

Ma come giusto?

«Gaetano» intervenne Fabrizio. «Facciamola finita.»

Facciamola finita? Rabbrividii.

«Tu!» il nano puntò il dito contro Fabrizio, all'altezza del suo sterno. «Tu nun devi parla', che te faccio sbatte' in galera de novo e butto via la chiave.»

Ecco, altro che insegnante di musica, Calcaterra era un galeotto.

«Dove cazzo sta Papadopoulos? E tuo padre?» proseguì, alzando la voce.

«Non lo so, se lo avessi saputo credi che mi sarei messo sulle sue tracce? Credi che avrei seguito lei fino a Barcellona? Sai meglio di me che non ho la minima idea di dove sia mio padre.»

Se fino a quel momento me ne ero stata in religioso silenzio come sugli spalti degli Internazionali di tennis, a quel punto mi sembrò doveroso intervenire: «Mi hai seguita?».

«Sst, lascia parlare me.»

«No, che non ti lascio parlare, perché mi hai seguita?»

«Ber tipetto te sei trovato» ridacchiò Gaetano.

«Chi, lei?» chiese, indicandomi. «Non è nessuno per me.»

Le sue parole mi colpirono a morte, per fortuna nessuno sembrò notarlo.

«Se a Barcellona nun te mettevi in mezzo» proseguì Gaetano, «avremmo scoperto dove se nascondeva Papadopoulos. C'hai fatto perde' un sacco di tempo.»

«Stavate seguendo la persona sbagliata, Agata non sa niente e non l'avrei mai lasciata sola.»

Quando sentii Calcaterra dichiarare apertamente che mi avrebbe protetta, mi ripresi dal colpo mortale che mi aveva inferto solo un attimo prima. Avevo una capacità di recupero degna di un centravanti brasiliano.

«Dici che nun sa gnente?»

«No che non sa niente.»

«Chiediamolo a lei» e Gaetano posò i suoi occhi piccoli e penetranti su di me.

«A me? Se poteste farmi prima un riassunto.»

«Certo, come no?»

«Benissimo, grazie.»

«Eccolo er riassunto, dove cazzo sta Papadopoulos?»

Mi spaventai e Fabrizio si mise in mezzo. «Non provare a torcerle un capello.»

«Se me racconta come stanno le cose, poi se ne po' anna' co' 'a mia benedizione.»

L'unica cosa che potevo fare era dire tutto quello che sapevo, cioè niente, e allora cominciai a snocciolare tutto. Raccontai dei nostri primi incontri da Mercy's, del successivo appuntamento alla villa per il sopralluogo e del fatto che mi sembrava di averlo visto salire su una macchina. Da quel momento giurai di non avere più avuto contatti con lui. Ero andata a Barcellona per incontrare un altro cliente, non Papadopoulos come mi sembrava che tutti loro pensassero. Solo quando finii di parlare mi girai verso Fabrizio, il suo sguardo era sollevato ed ebbi la certezza di avere fatto la cosa giusta.

«Visto?» intervenne Calcaterra. «Non sa niente. Papadopoulos ci ha fregato tutti, questa è la verità. Quando ho saputo che era tornato, mi sono messo sulle sue tracce per un'unica ragione: scoprire dove si nasconde mio padre. Ero alla villa per lo stesso motivo, ma il tuo uomo, quello con il neo sulla fronte, si è messo in mezzo e lo stesso è successo a Barcellona.»

«Rocco, è er mejo che poi trova'.»

L'uomo con il neo era alla villa? Come avevo fatto a non vederlo?

«Gaetano, hai capito che io e te siamo dalla stessa parte?» aggiunse Calcaterra.

Annuii con enfasi, senza sapere bene perché e per cosa, volevo solo far passare il messaggio che anche io ero dalla loro.

«Sei bravo con le parole» disse il nano. «Ma rimani sempre feccia, ricordatelo. Nun poi cancella' quello che sei stato.»

Fabrizio s'incupì, quelle parole lo avevano ferito.

«Se ci lasci in pace» riuscì a concludere, «Papadopoulos te lo porto io.»

Gaetano rimase in silenzio, soppesando le parole di Calcaterra.

«Ce devo pensa'» sentenziò e, prima di uscire, ci lanciò un'ultima occhiata di scherno: «Che, c'avete fretta?».

«No» rispondemmo in coro.

Una volta soli, mi voltai verso Calcaterra: «Ora mi spieghi tutto perché io non ho capito una sola parola».

«Prima dobbiamo andarcene da qui.»

«E come? Siamo chiusi dentro.»

«Lasciami pensare, tu rilassati» disse, cominciando a guardarsi intorno.

«Non voglio rilassarmi, voglio sapere!»

«Fidati di me per una volta, Trambusti.»

«Figuriamoci, fidarsi. Di un uomo, poi.»

«Che cosa ti abbiamo fatto di male?»

Lo fulminai con lo sguardo.

14

Calcaterra aveva smontato lo sgabuzzino senza riuscire a trovare nulla che potesse aiutarci a uscire da lì. Lo avevo sommerso di domande, senza ottenere alcuna risposta. Mi ero rassegnata alla prigionia e dopo avere accuratamente spolverato uno scatolone, mi ci ero seduta sopra. Sembrava un leone in gabbia e mentre lo osservavo muoversi in quello spazio angusto, ero attraversata da emozioni contrastanti. Da una parte avevo paura, dall'altra ero rinfrancata dalla sua presenza. Quell'uomo emanava sicurezza da tutti i pori, anche se era difficile metterlo a fuoco. Poi cominciai a sudare, pensai che ero chiusa in uno sgabuzzino con un uomo che era stato in prigione. Per cosa? Aveva ucciso qualcuno? Rubato? Le immagini di Lincoln Burrows e Michael Scofield di *Prison Break* si materializzarono davanti ai miei occhi e presi a sventolarmi con la mano, anche perché dopo tutto non erano brutte immagini.

«Niente, non c'è modo di uscire» imprecò.

«Non capisco perché non mi vuoi dire niente.»

«Meno cose sai, meglio è.»

«Certo, come no, sono solo stata prelevata da casa mia con una pistola e sequestrata! E non so neanche se stai cercando di salvarmi o di uccidermi!»

Fabrizio si voltò verso di me, forse solo in quel momento si accorse realmente della mia presenza perché mi rivolse uno sguardo di una dolcezza infinita che quasi mi fece perdere l'equilibrio.

«Scusami» disse, e si avvicinò, andandosi a sedere sullo scatolone accanto al mio.

«Sto cercando mio padre» proseguì.

«Anche io sto cercando il mio» risposi, anche se non era proprio la verità, «ma non vado in giro a pedinare le persone.»

«Che cosa vuoi sapere?» mi chiese.

Andai dritta al sodo, inutile girarci intorno: «Sei stato in prigione?».

«Servizi sociali» disse con un filo di voce e mi sentii morire, più per lui che per me. «E ti garantisco che possono essere peggiori di qualsiasi prigione.»

Calò il silenzio. Calcaterra guardava il muro di fronte a sé e io guardavo lui, sperando che non se ne accorgesse. Era l'uomo più bello che avessi mai visto, dopo Juan del Diablo ovviamente, quello di *Cuore selvaggio*. All'improvviso si voltò e mi colse imbambolata a fissarlo. Avvampai e cominciai a bofonchiare parole a caso. Mi alzai dallo scatolone, lo spolverai di nuovo, mi risedetti, tutto sotto i suoi occhi divertiti.

«Quindi non vuoi uccidermi?» chiesi più per riprendere il discorso che per conoscere la risposta.

«Non potrei mai torcerti neanche un capello» e mi sorrise. «Ma tu questo lo sai.»

Annuii, mio malgrado: «E allora perché mi hai aggredita alla villa di Papadopoulos?».

«Io ti avrei aggredita? Porca miseria, tu hai aggredito me. Mi hai quasi spaccato il setto nasale. Se mi avessi lasciato il tempo di spiegare invece di fare Bruce Lee...»

«L'ho fatto solo perché hai cercato di tapparmi la bocca!»

«Certo. Se avessi chiamato Papadopoulos, cosa che stavi per fare, Rocco ci avrebbe scoperti.»

«Già, il famigerato uomo con il neo. È stato lui a pedinarmi, era in ospedale e poi ancora al supermercato, proprio davanti al reparto frutta e verdura. Allora non mi sono immaginata tutto.»

«Credeva che tu sapessi dove trovare Papadopoulos, e lo credevo anch'io.»

Era una spiegazione plausibile, ma c'erano ancora molte cose poco chiare.

«Per questo eri a Barcellona?»

«Esattamente.»

«Ma come facevi a sapere che sarei andata lì?»

«Meglio che tu non me lo chieda» e mi fece l'occhiolino.

«Mi stai prendendo in giro, vero?»

«Tu che dici?»

Scesi dallo scatolone e mi piazzai davanti a lui con le mani sui fianchi: «Adesso voglio sapere esattamente cosa sta succedendo. E senza scherzi».

Alzò gli occhi al cielo e attaccò: «Sono cresciuto qui, in questo quartiere».

«Che quartiere? Non so neanche dove siamo.»

«Torpignattara.»

«Oh Gesù» e mi portai una mano alla fronte.

«Ma chi è questo Gaetano e che cosa vuole da me?»

«È uno strozzino, e anche lui cerca mio padre.»

«Non capisco.»

«Mio padre è scomparso poco prima che io nascessi, insieme a Papadopoulos.»

Mi colpì la somiglianza delle nostre storie, anche lui era cresciuto senza un padre, ma che cosa gli era successo dopo?

«E ora che il greco è tornato» continuò, «entrambi ci siamo messi sulle sue tracce, per ragioni diverse. Quei tre erano legati da qualcosa. Non ne so molto, mia madre non mi ha mai raccontato niente, ma avevano degli affari insieme.»

Cominciai a mangiarmi le unghie, dimenticando per un momento i batteri che potevano annidarsi lì sotto, perché non avevo il coraggio di chiedere l'unica cosa che volevo davvero sapere. L'amnesia durò pochissimo e spaventata mi sfilai le dita di bocca, comunque troppo tardi per poter impedire al virus di cominciare a circolare.

«Non riusciremo mai a uscire da qui» dissi sconsolata.

«Tu mi sottovaluti, Trambusti. Sono pur sempre un ex galeotto» e mi strizzò l'occhio.

Deglutii e lui scoppiò a ridere.

«Non ho mai ucciso nessuno, se è questo che ti preoccupa.»

«Non l'ho mai pensato, giuro!» e tirai un sospiro di sollievo.

«Ero un ladro.»

Lo guardai stupita e anche un po' delusa. Niente *Prison Break*.

Stavo ancora cercando di elaborare il lutto, quando sentii il rumore del chiavistello e saltai in piedi. Gaetano e Rocco apparvero davanti alla porta.

«Devi farci uscire da qui» disse subito Calcaterra. «Almeno lei.»

«Eh no!» esclamai, ma forse ero stata troppo precipitosa perché mi ritrovai addosso i suoi occhi sbalorditi.

«Come no, Trambusti?»

«Intendevo dire che sarebbe meglio uscire insieme» provai a giustificarmi.

Mi sorrise e capì perché avevo risposto in quel modo. Sarei rimasta chiusa lì con lui per sempre.

Il nano non mi degnò di uno sguardo e si rivolse a Calcaterra: «Ho pensato che invece ve ne state boni qui dentro finché non trovo er greco. È 'na questione de poche ore, ventiquattro ar massimo e nun me piace che annate in giro a ficca' er naso dove nun dovete».

«Ventiquattro ore?» inorridii, erano pochissime.

«Non diciamo stronzate!» Fabrizio aveva alzato la voce.

Vidi il viso di Gaetano gonfiarsi, le narici si dilatarono e per qualche strana ragione sembrò anche più alto: «Pe' rispetto de tu madre, ch'era 'na gran donna, te lascio sta'. Ma nun me mette' alla prova».

«Non parlare di mia madre, non azzardarti a nominarla» sibilò Calcaterra, e quando lo guardai la sua rabbia mi spaventò. Gli afferrai un braccio per trattenerlo. Che cosa voleva fare? Attaccare Gaetano? Non eravamo nelle condizioni di combattere. Anche Olsi avrebbe approvato.

«Lasciami andare» disse fulminandomi con lo sguardo, mollai la presa.

«Invece l'amica tua è intelliggente, daje retta e stattene bono a cuccia. Ve faccio porta' du tonnarelli pe' pranzo.»

«Grazie, gentilissimo» e gli sorrisi.

Quello girò i tacchi e si richiuse la porta alle spalle. Rimanemmo un po' in silenzio, Fabrizio era sconvolto e io non sapevo che cosa fare. Era evidente che la morte di sua madre per qualche ragione gli bruciava ancora dentro.

«Mi dispiace» riuscii solo a dire e, per alleggerire l'atmosfera, cominciai a parlare a ruota libera.

Io che non ero mai stata a mio agio con un uomo gli raccontai di mio padre, della sua assenza e di Bernardo. Lentamente lo vidi rasserenarsi. Forse le mie disavventure lo divertivano.

Non so quanto tempo trascorse, di sicuro il resto della mattinata volò, tanto che quella prigionia cominciò a sembrarmi quasi una benedizione, nonostante fossi rinchiusa lì con un ladro, e quando gli sentii ribadire il fatto che voleva andarsene ci rimasi molto male. Non ero più sicura di volere altrettanto.

«Ci abbiamo provato» gli risposi timidamente, «ma non c'è modo.»

Fabrizio non mi diede ascolto e ricominciò ad aggirarsi nella stanza e a pensare. Poi, improvvisamente si voltò verso di me con un'espressione trionfante: «Perché non ci ho pensato prima?».

«A cosa?»

«La vedi quella finestra lassù?»

«Sì, ma è inaccessibile, guarda dove sta. È troppo alta.»

Mentre parlavo, Fabrizio si era già messo all'opera, aveva cominciato a prendere gli scatoloni, uno dopo l'altro e a impilarli sotto la finestra. Lo guardavo esterrefatta.

«Se mi aiutassi, faremmo prima.»

Aveva ragione, ma era quello che volevo?

«È assurdo» protestai, anche per provare a rallentarlo. «Come pensi che possa riuscire a salire lì sopra?»

«Ti ho vista scavalcare finestre più difficili. E ora dammi una mano.»

Mi unii a lui con rammarico, non avevo altra scelta. Lo aiutai negli spostamenti e in breve riuscimmo a costruire una scala fatta di scatoloni.

«Non ce la farò mai.»

«Non dire sciocchezze, certo che ce la fai.» Mi prese una mano e mi aiutò a salire sul primo gradino.

«Forza, ci sono io. Non puoi cadere.»

«E dovrei fidarmi di un ladro?»

«Non lo sono più e poi che cosa c'entra? Se anche lo fossi pensi che ti farei cadere?»

«Soffro di vertigini.»

«E tu non guardare giù.»

«Ho il tailleur.»

«Arrotola la gonna.»

«Qui non siamo a Barcellona dove non mi conosce nessuno.»

«Trambusti, non brontolare.»

Sbuffai, ma feci come diceva. Ringraziai la mia lungimiranza che quella mattina mi aveva fatto indossare un paio di collant cinquanta denari che neanche Ettore avrebbe potuto bucare.

«Brava. Ora metti un piede sul cartone più in alto e tirati su.»

«E se Gaetano entrasse e ci sorprendesse durante la fuga? Non è che ci spara?»

«Hai paura?»

«Macché, è giusto una domanda.»

«Perché non vuoi ammettere di aver paura? Sarebbe comprensibile.»

Lo guardai dall'alto della pila di scatoloni.

«Non ho paura. Vedi, Calcaterra, se una persona ha i giorni contati (come me) non ha niente da perdere e una pallottola alla tempia non può essere altro che un sollievo!»

«I giorni contati?» mi guardò sorpreso.

«Certo! Te l'ho detto: il mondo è pieno di virus. Ho trascorso una notte in prigione e prima ancora in un locale per scambisti. Non hai idea delle condizioni igieniche in cui sono costrette a vivere le operatrici di un bordello...»

«Tu davvero pensi di essere malata?» m'interruppe.

«Non lo penso, lo sono!»

«E non ti piacerebbe uscire da qui e andare a finire i tuoi giorni da un'altra parte?»

«Sarebbe un sollievo.»

«Allora girati verso la finestra, allunga le braccia e aggrappati alla cornice che i virus ti aspettano.»

Sbuffai e ubbidii.

«Tieniti forte.»

Sentii le sue mani sul mio fondoschiena e rabbrividii.

«Scusa, ma non c'è altro modo?» balbettai.

In tutta risposta diede una spinta verso l'alto e mi ritrovai per metà fuori dalla finestra.

A quel punto fu facile scavalcare e saltare giù. Lui mi raggiunse subito senza sforzo e anche con una certa grazia.

«Bene» disse, «siamo a metà dell'opera. Ora dobbiamo trovare la persona che ci può aiutare ad andare via da qui. Non è lontana.»

«Non possiamo andare via e basta?»

«È complicato.»

Alzai gli occhi al cielo, se ne accorse.

«Trambusti, non siamo in Prati, non si esce ed entra indisturbati da Torpignattara se non sei del quartiere. Tra pochissimo Gaetano arriverà con i tonnarelli e non ci troverà ad aspettarlo. Credimi, non la prenderà bene e ci raggiungerà ancora prima di riuscire a mettere il naso fuori da qui.»

Annuii e lo seguii, era chiaro a tutti che lo avrei seguito ovunque. A tutti tranne che a me.

15

Non ero mai stata in un posto simile.

Roma è una città enorme, divisa in quartieri, se cresci a Roma Nord, non saprai mai come è fatta Roma Sud o Roma Est, frequenti solo le persone della tua zona e anche con due vite a disposizione non riusciresti ad abbracciare la città nella sua interezza.

A Torpignattara i palazzi erano alveari costruiti dentro colate di cemento. La maggior parte delle finestre era distrutta, i muri scrostati e ricoperti di scritte.

Quel quartiere era spaventoso e lo stavo guardando con occhi da adulta. Che cosa poteva avere visto un bambino? Non riuscivo a immaginare un'infanzia trascorsa tra casermoni cementificati e siringhe per terra.

Dopo una decina di minuti raggiungemmo una piccola piazza, c'era un gruppo di ragazzi intorno a dei motorini. Non appena ci videro arrivare, tre di loro si staccarono dal branco e ci vennero incontro.

«So' arrivati i turisti» gridò uno.

Mi aggrappai alla giacca di Fabrizio e lui istintivamente mi fece scudo con un braccio.

«Non ti preoccupare, Trambusti.»

Ero terrorizzata.

«Er Colosseo sta de qua» continuò quello, avanzando con i compari. «Venite, venite che ve ce portamo noi.»

Fabrizio non diceva una parola e sperai che sapesse quello che stava facendo.

«Che? V'hanno tajato la lingua?» Ormai erano a un passo da noi e Fabrizio si decise a parlare: «Qualcuno mi ha detto che qui c'è uno che fa bene le pagnotte».

Eh?

«Ma che cazzo stai a di'?»

Appunto. Come dargli torto?

Poi il ragazzo si fermò, spalancò gli occhi e aprì la bocca. O stava avendo un ictus o la sua faccia si stava deformando inspiegabilmente.

«Nooo, nun ce posso crede', Gighen! Riga', c'è Gighen.»

Mi sarei ricordata a lungo la scena che seguì, quelli che erano rimasti seduti sui motorini si alzarono tutti insieme, come dei soldati al richiamo di un'adunata. Mentre Fabrizio e faccia deforme si abbracciavano, gli altri erano tutti intorno a loro due.

«Ma che stai a fa' qui? Nun me di' che te mancavamo?»

«Neanche un po'» e si abbracciarono di nuovo.

«Te presento i ragazzi, mica li conosci tutti.» Si girò verso gli altri e proseguì: «Riga', er mitico Gighen».

Volarono strette di mano, pacche sulla spalla e nomi tipo er Minchietta, lo Scaldabagno, er Poeta.

«Madonna, quanto te sei fatto bello. Oh, grazie pe' quello che fai pe' Rachele. M'ha detto che la sei annata a recupera' praticamente 'n 'a marana. Giamba ce manca a tutti, ma lei nun s'è più ripijata.»

«Neanche io.»

«Ma nun me la presenti la signorina ch'è co' te?»

«Lei è Agata.» Ero rimasta in silenzio, sempre attaccata alla sua giacca. Feci un passo avanti e lui mi tese la mano: «Piacere, er Teschio».

Ah, ecco. Mi squadrò da capo a piedi.

«Ma che, lavori a Equitalia?» mi domandò.

«Perché?» chiesi risentita.

«No, me parevi una che c'aveva a che fa' co' 'e tasse.» Poi, rivolto a Calcaterra: «Se sarà offesa?».

«Non credo» e mi fece uno dei suoi sorrisi che tanto mi mettevano in difficoltà.

Il Teschio si era fatto serio: «Che ve' porta qui?».

«Ho bisogno di una mano.»

«Siamo tutti a disposizione» rispose senza un secondo di esitazione. Quella combriccola era l'esercito di Fabrizio, pronto e fedele.

«Ci ha beccati Gaetano. Dobbiamo lasciare il quartiere senza dare nell'occhio, tra poco si accorgerà che siamo scappati, ma prima vorrei dire due parole al Pagnotta.»

Scaldabagno, che somigliava inequivocabilmente a uno scaldabagno, annuì.

«Se ancora non l'hanno ammazzato» concluse Calcaterra.

«A quello? Ma chi l'ammazza? Ce vorrebbe 'n carrarmato.»

«C'hai raggione Scardabba'» rise il Teschio. «Dai, te porto io dar Pagnotta. Oh, riga', aspettateme qui. Io vado co' Gighen.»

Ci incamminammo per le strade di Torpignattara. Mi sembrava di essere stata catapultata in un film neorealista, di quelli che mi faceva vedere mia madre, *Ladri di biciclette* o *Gioventù perduta*, un Pietro Germi d'annata, insomma. Finalmente giungemmo a destinazione, il palazzo che mi trovai di fronte era fatiscente, la porta dell'ingresso sventrata, le luci fulminate.

«Hanno tajato 'a corrente. Dovemo sali' a piedi.»

«Quanti piani?» chiesi con un filo di voce.

«Tanti.»

Cominciammo a salire. Ogni tanto si affacciava qualcuno, che poi rientrava subito in casa, chiudendosi la porta alle spalle, quando c'era.

Pensai che gli ascensori di tutta Roma si fossero accordati con Palmiro per farmi dimagrire.

«Equita'?» mi apostrofò il Teschio. «Tutto bene?»

«Sì grazie, molto gentile.»

Scoppiò a ridere e rivolto a Fabrizio disse: «Ma 'ndo l'hai trovata questa? Simpatica, però».

Quando arrivammo all'ultimo piano, c'erano due uomini fuori da una porta. Ci fecero entrare senza troppe storie.

L'interno era buio, per via delle tapparelle abbassate, e ci misi un po' ad abituarmi. Intravidi un gigante seduto su una poltrona, più che un uomo era un monumento, tre uomini in uno. Lo Scaldabagno era stato ottimista parlando di un solo carro armato.

Intorno a lui due cani, di quelli cattivi, un pezzo di gabinetto, un divano sporco, un tavolo con un computer, spento, e una signora che faceva la maglia. La guardai più volte per convincermi che fosse reale. Calcaterra andò da lei e la baciò su una guancia.

«Ti ringrazio per Rachele» disse la donna, accarezzandogli una guancia.

«È una sorella.»

«Lo so» e riprese a fare la maglia.

Sarebbe stata una scena di una dolcezza struggente, se non ci fossimo trovati in quel posto.

«Te sei deciso a torna'.» La voce del gigante sembrava provenire da una caverna.

«Mi serve una mano.»

«Vieni, fatte vede', il grande Gighen. Ma con chi stai?» lo vidi sporgersi in avanti, per cercare di guardarmi meglio. «Ma che? Te sei portato appresso una d'Equitalia?»

Alzai gli occhi al cielo ma preferii non controbattere.

Il Teschio non si mosse mentre Fabrizio si avvicinava al Pagnotta. Bisbigliarono tra loro, indisturbati, e non riuscii a sentire niente di quello che si dicevano.

Poi accadde una cosa strana, gli uomini che stavano di guardia alla porta entrarono e si diressero verso il Pagnotta, uno dei due si chinò su di lui e gli sussurrò qualcosa all'orecchio. Il Pagnotta annuì. Allungai il collo nel tentativo di carpire qualcosa di quello che si dicevano, ma fu inutile.

«Che succede?» chiesi, era evidente che fosse successo qualcosa.

Trascorsero minuti che mi sembrarono giorni finché Fabrizio venne verso di me.

«Nun te preoccupa', Gighen» disse il Pagnotta. «Da qui uscite interi. Nessuno ve tocca, non finché ce sto qua io.»

«Interi?» avrei voluto bisbigliarlo, ma mi uscì un grido stridulo.

«Appena scopro qualcosa, me faccio vivo.»

«Perché nessuno mi dice niente?» piagnucolai.

«Equita', e statte bona! Lascia fa' a noi maschi» mi apostrofò il Teschio. «Che succede, Gighen?»

«Gaetano ci ha scoperti.»

«Ammazza, de già?»

«Così pare.»

Io mi sentii mancare. In che razza di situazione mi ero cacciata?

16

«Qualcuno vuole dirmi cosa sta succedendo?» li guardai uno per uno, eravamo fuori dalla porta e in procinto di scendere.

«Equita', non vedi che Gighen sta pensando? Lascialo fare.»

«Senti, Teschio, qui non stiamo girando *Lupin III*. È una certezza, altrimenti io sarei Fujiko e non Equitalia.» Il Teschio rimase basito e io proseguii: «Sono stata trascinata in questa situazione assurda da uno che neanche conosco e ora siamo imbottigliati qui dentro e...».

«Hai fatto la battuta! Mo' l'ho capita, Fujiko, *Lupin III*.»

«Avete sentito er Pagnotta?» intervenne uno dei due uomini. «Ce semo noi e i ragazzi so' tutti avvisati, stanno all'erta. Gaetano nun farà scoppia' 'na guera tra bande, nun je conviene.»

«Agata ha ragione» esclamò Calcaterra.

«Ah sì?» mi stupii.

«Che, davero?» chiese il Teschio.

«Siamo imbottigliati e non sappiamo che cosa aspettarci una volta usciti.»

«Er Minchietta ha detto che c'è solo Rocco de fori» ribatté la guardia del corpo del Pagnotta.

«Er Minchietta, figuriamoci» borbottai.

«Può essere, ma non ne siamo sicuri, giusto?» proseguì Fabrizio.

«Giusto.»

«Teschio, tua sorella batte ancora?»

«'A voja, è 'na macina.»

«Vai da lei, prendi tutti i vestiti che trovi, calze, scarpe, parrucche, gioielli e procura dei vestiti anche a me.»

«Ho capito che voi fa', volo.»

Mi accasciai sul gradino della scala e Calcaterra si inginocchiò di fronte a me: «Tutto bene? Gaetano non ci farà niente, è solo una precauzione».

«Chi se ne frega di Gaetano!»

Fabrizio sgranò gli occhi e io mi misi a piagnucolare: «È tutto assurdo. Insomma, avevo una vita perfetta, perfetta, capisci? Non mi succedeva mai niente, una meraviglia. Poi incontro te e mi drogo, finisco in carcere, vengo rapita dalla controfigura di Danny DeVito e ora dovrei anche fidarmi di un ladro?».

Lo vidi alzare gli occhi al cielo e sorridere: «Va bene, è vero, rubavo, scassinavo porte e serrature ma ora non lo faccio più».

«Lo dici quasi con rammarico.»

«Ti sbagli. Non ne vado fiero. All'epoca facevo qualsiasi cosa pur di procurarmi dei soldi veloci. Io e Giamba ci davamo molto da fare.»

Lo vidi chiudere gli occhi, quando aveva nominato questo Giamba era stato attraversato da un'ombra.

«Giamba?»

«Giamba era una persona speciale. Lo avrei seguito ovunque.»

Ero sicura avrebbe continuato il racconto se uno dei due energumeni, quello più grosso e l'unico che parlava, non mi avesse allungato un pacchetto di sigarette: «Voi fuma'?».

Lo guardai, il pacchetto era sicuramente pieno di microbi, chissà quante dita l'avevano toccato. Alla fine mi decisi, tanto stavo per morire, e presi la sigaretta del condannato.

«Grazie.»

«Trambusti, ma che fai? Tu fumi?»

«No, e allora? Che succederà mai? Prima di conoscerti non facevo tante altre cose.»

I due uomini tossirono imbarazzati. Li fulminai con lo sguardo, accesi la sigaretta e aspirai. L'attimo che seguì fu terribile, mi si infiammò la trachea e iniziai a tossire. Cercavo di inalare aria nei polmoni, ma peggioravo la situazione, lacrimavo e tossivo.

Fabrizio, per cercare di aiutarmi, mi dava delle pacche sulla schiena. «Ora passa.»

Dopo un paio di minuti mi ripresi, mi asciugai le lacrime con la manica e mi sedetti di nuovo.

«Perché Gighen?» gli chiesi una volta ripreso il fiato. «Non ci somigli per niente.»

«Perché ero il braccio destro di Giamba.»

«Lui suppongo fosse Lupin.»

Annuì e si sedette accanto a me.

«Certo che qui ti vogliono tutti molto bene. Insomma, sembri quasi un eroe.»

«Giamba lo era, un eroe, un buono. Io no, ero solo un ragazzino, facevo quello che faceva lui ma ci hanno beccati e la magia è finita.» Rimase in silenzio e ne approfittai per pensare a Rosa. Sarebbe stata fiera di me, fiera di vedermi fumare allegramente in compagnia di un ladro, un teschio e uno scaldabagno.

Durò poco perché Fabrizio ricominciò a parlare. Sembrava come mosso dall'urgenza di ripensare a un passato ancora vivo: «Gaetano aveva piazzato delle telecamere nascoste nella sua tabaccheria, quella in cui ci hanno rinchiusi e che all'epoca era poco più che un capannone. Ci intrufolavamo sempre, per noi era un gioco. In fondo rubavamo i nostri soldi. Ma un giorno il gioco è finito e ci siamo ritrovati tra le braccia della polizia».

«Perché lo avrebbe fatto?»

«Per lui eravamo una spina nel fianco. Aveva in pugno tutta la gente del quartiere...» fece una pausa. «Rubavamo e poi davamo i soldi a chi si era indebitato con Gaetano, così che potesse ripianare i debiti. Ha voluto incastrarci, era sicuro che poi avremmo cominciato a lavorare per lui.»

«Eravate due Robin Hood.»

«No, non c'era niente di romantico in quello che facevo. Non ero una brava persona, ero uno stronzo. Mio padre era sparito, mia madre stava morendo e io rubavo. Ero incazzato con il mondo.»

«E ora non sei più incazzato?»

«Sì, ma quando succede, suono. Prendo il contrabbasso e mi calmo. O mi lancio con il paracadute. Dovresti provarlo anche tu» e mi fece un sorriso che per poco non caddi dal gradino.

«E Rachele? Chi è?»

«La sorella di Giamba, o quello che rimane di lei.»

Non aggiunse altro, non chiesi di più.

«Mi dispiace per i casini in cui ti ho messo, Equita'» disse, e mi appoggiò una mano sul ginocchio. Quel contatto mi pietrificò e restai rigida come un sasso senza più neanche respirare. Per fortuna un rumore dalle scale lo fece scattare in piedi, ripresi a immettere aria nei polmoni. Durò poco perché piombarono su di noi due uomini con in mano delle pistole e io, per non gridare, mi coprii la bocca con le mani.

«Oh, riga', so' io, so' er Minchietta.»

Mi sentii rinascere. A questo ero ridotta, a felicitarmi dell'arrivo del Minchietta.

«Dov'è il Teschio?» chiese Calcaterra.

«Ha detto che era mejo se venivo io, ha detto che così se confondevano le acque.»

Il ragazzo che accompagnava il Minchietta aveva in mano due buste, ne rovesciò a terra il contenuto.

Guardavo la roba buttata sul pavimento. «Non vorrai davvero che indossi queste cose?»

«Rocco si aspetta di vedere noi due, basterà non essere più noi due.»

«E dove dovrei cambiarmi?»

«Vai in fondo al corridoio. Non c'è luce, non ti vedrà nessuno.»

«Sono lavati almeno?»

Calcaterra mi guardò con aria minacciosa: «Trambusti, muoviti».

«E se la sorella del Teschio ha qualche malattia? Insomma, con il mestiere che fa sarebbe una cosa normale.»

«Agata, o ti vesti subito o ti lascio qui.»

«Ci sarà pure un altro modo.»

«Se ne conosci uno, dimmelo ora.»

«Ci devo pensare un momento.»

«Tempo scaduto.»

«Se ne usciamo vivi, ti ammazzo con le mie mani.»

Afferrai un paio di cose alla rinfusa e mi allontanai.

«Mi si vede?» gridai dal fondo.

«No.»

«Ma se neanche ti sei girato?»

«E non lo farò, così non correrai il rischio.»

Dalla mia posizione lo vedevo bene e rimasi a fissarlo. Quando si spogliò gli guardai la schiena, tutta tatuata, e le gambe, lunghe e sode. Improvvisamente mi mancò l'aria, mi sventolai il viso con la mano.

«Sei pronta?» mi gridò.

«No, non ti girare!»

Non volevo si accorgesse che lo stavo guardando. Cercai di riprendermi e passai in rassegna quello che avevo in mano, un tubino blu con paillette, una gonna talmente corta da sembrare una mutanda e dei fuseaux in pelle nera. Scartai la mutanda e i fuseaux in cui non mi sarebbe entrato neanche un braccio tanto erano stretti. M'infilai il tubino, solo dopo mi accorsi che era tutto scollato sulla schiena, quasi fino al sedere. Ed era cortissimo. Provai ad abbassarlo ma più coprivo le gambe più scoprivo il sedere.

Con i capelli folti e ricci che mi ritrovavo e quella roba addosso sembravo più Tina Turner che una prostituta. Volevo tentare con i fuseaux, ma Calcaterra si avvicinava spazientito.

«Trambusti, dobbiamo andare.»

«No, un momento.»

Troppo tardi, Fabrizio era emerso dall'ombra e mi guardava esterrefatto.

«Porca miseria, sei... sei... sembri...»

«Tina Turner?»

Guglielmo avrebbe apprezzato molto il paragone.

«No, anche se ora che me lo dici la somiglianza è impressionante.»

«Dio che schifo, mi verranno un sacco di malattie. Una dermatite, se mi va bene.»

«Domani ti accompagno a fare le analisi.»

Riuscì a strapparmi un sorriso, poi mi prese la mano e mi scortò davanti ai due uomini.

«Semo pronti» disse l'unico dei due che parlava.

«Qual è il piano?» chiesi. Fabrizio mi guardò dritto negli occhi in modo che capissi bene: «Gli altri sono giù che ci aspettano, ci confonderemo con loro. Ci incamminiamo verso i motorini, tu sali dietro il Teschio, io starò con Scaldabagno e proveremo ad allontanarci il più in fretta possibile».

Annuii, mentre scendevamo notai l'abbigliamento di Calcaterra. Indossava una canottiera troppo piccola per lui, con degli strappi orizzontali sulla schiena, e dei pantaloni in pelle. Si era arruffato i capelli. Sembrava un ragazzino.

Non parlammo per tutto il tragitto e una volta usciti seguimmo il piano alla lettera. In strada ad aspettarci c'erano tutti, il Minchietta, il Poeta, il Teschio e lo Scaldabagno.

Quando il Teschio mi vide, inziò a fischiare: «Anvedi che robba. Equita', sei proprio bona!».

«Ti ringrazio» dissi, e cercai di abbassare il vestito.

«No, davero. Se te vede mi' sorella...»

Ero ancora più imbarazzata quando vidi che Fabrizio mi stava fissando il seno. Tirai su il corpetto, ma mi si scoprirono ancora di più le gambe. Sbuffai.

Nel frattempo gli altri avevano fatto cerchio intorno a noi e ci inoltrammo nel quartiere.

«Forse preferisco questa versione a quella sadomaso» bisbigliò Fabrizio al mio orecchio. «Comunque sia, Trambusti, ha ragione il Teschio.»

Deglutii e non riuscii a rispondere, cosa mi stava succedendo?

Mi guardai intorno in cerca dell'uomo con il neo, Rocco, ma non lo vedevo da nessuna parte. Avrei dovuto avere paura, perché non era così? Mi sentito viva, come forse non ero mai stata, come se fino a quel momento avessi vissuto in dormiveglia o, peggio ancora, in coma.

Camminavamo compatti finché quelli davanti si fermarono, per poco non rotolai sul Poeta.

Fabrizio appoggiò una mano sulla mia schiena nuda e mi attirò a sé. Il contatto mi procurò una scarica elettrica fino alla punta dei piedi. A stento riuscii a chiedergli cosa stava succedendo.

«Non lo so, ma non mi piace.»

Un gruppo di persone ci aveva bloccato il passaggio.

«So' gli uomini de Gaetano» disse il Teschio.

«Ci hanno riconosciuti?» chiese Fabrizio.

«No, impossibile.»

La sua mano non si staccava dalla mia schiena e forse stavo diventando pazza perché mi sembrava la stesse accarezzando. Avrei dato qualsiasi cosa pur di prolungare quel momento.

Persi la testa, nel vero senso della parola. Non ricordo molto di quello che accadde. Ero così concentrata sulla sua mano, sulla mia pelle, che mi smarrii completamente. Ci sarebbe potuto essere un plotone d'esecuzione di fronte a me e non me ne sarei accorta.

Riuscivo a percepire delle frasi, stavano parlando, niente più di questo. Che fine aveva fatto il mio controllo? Che fine aveva fatto Agata? Dove si era andata a nascondere? La rivolevo indietro, ne avevo bisogno. Quello che mi stava succedendo non era gestibile.

Poi all'improvviso Fabrizio ritrasse la mano dalla mia schiena. E io riuscii di nuovo a sentire cosa succedeva intorno a me.

«Gaetano ha detto che se vedete in giro 'sti due, de avvisallo.»

«Va bene, se li beccamo, ve lo venimo a di'.»

Non ebbi il tempo di pensare, il Teschio mi fece cenno di seguirlo, non avrei voluto lasciare Fabrizio, ma lui mi tranquillizzò: «Ci vediamo sotto casa tua, Trambusti».

Neanche mi chiesi come faceva a sapere dove abitavo.

Salii sul motorino, mi aggrappai al Teschio e non pensai più a niente.

«Attaccate bene a me, bellezza.»

«Sì.»

Ero passata da Equitalia a bellezza, mi sembrava un bel traguardo. Anche se sembravo più Agrado, il transessuale in *Tutto su mia madre*, il film preferito di Rosa. Sorrisi e strinsi ancora più forte il Teschio. Se Almodóvar avesse visto un motorino che sfrecciava guidato da un teschio e un viado vestito di paillette ci avrebbe subito scritturato.

17

Ero arrivata in ufficio nel pomeriggio, stravolta, e notai subito che c'era grande agitazione. La Tatti era tornata, ancora febbricitante. Me ne tenni alla larga, ci mancava solo l'influenza. Bisognava preparare l'esposizione, per una settimana Mercy's sarebbe stata un porto di mare, con i quadri in bella mostra per permettere al pubblico di vederli prima di poterli acquistare durante l'asta. Le opere dovevano essere trasportate, sistemate e catalogate, ma io ero imbambolata a contemplare il muro di fronte alla mia scrivania.

Ripensavo a come avevo salutato Fabrizio e a quello che era successo sotto casa mia.

«Come faccio a tornare alla mia vita come se niente fosse? Come faccio a entrare a casa, cambiarmi e andare in ufficio?» gli avevo domandato.

«Trambusti, hai uno strano modo di chiedere a un uomo di salire con te.»

«Non te l'ho chiesto!»

«Stavo scherzando.»

«Cioè, non vorresti salire?»

«Tu mi faresti salire?»

«Certo che no!»

«Porca miseria, lo sai che sei una donna complicata?»

«Non sono complicata, sono anni che non faccio entrare un uomo, non comincerò certo con te!»

«Anni? Va bene, non mi interessa. Ma se sei più tranquilla, ti accompagno fino alla porta. Giuro che non vuole essere un approccio.» E aveva alzato le mani in segno di resa.

Per simulare disinteresse mi ero messa a rovistare nella borsa in cerca delle chiavi e mi ero accorta di non avere con me il telefono: «Accidenti, si sono tenuti il mio cellulare» avevo detto.

«Lo recupero io, in qualche modo.»

In quel momento era passato il signor Palmiro, mi aveva guardato e aveva scosso la testa. Era evidente che mi stava disapprovando. Ai suoi tempi si faceva la rivoluzione, non ci si vestiva come un trans o come una sosia di Tina Turner strafatta di acido.

«Che cosa farai adesso?» gli avevo chiesto.

«Prima di tutto devo tornare in quella villa, sono sicuro che lì ci siano le risposte che sto cercando.»

«Ti accompagno!» poi mi ero affrettata ad aggiungere: «C'è un quadro, se riuscissi a rivederlo una seconda volta...».

Ci avrebbe creduto? Avevo un disperato bisogno che lo facesse, perché se ero certa di voler rivedere il Segantini, sapevo anche che volevo rivedere lui.

«Non credo sia una buona idea.»

«Hai detto che non siamo in pericolo e poi, scusa, come ci arrivi se non hai la macchina?»

«Va bene, mi hai convinto.»

«Ti passo a prendere, sono da te alle otto» e mi ero allontanata per paura che potesse cambiare idea o per paura che potessi farlo io.

Appena entrata nel portone, mi ero resa conto di non sapere dove andarlo a prendere e mi ero riaffacciata. Lui non si era mosso dal suo posto.

«Scusa» avevo detto. «Visto che io non ho le tue stesse "amicizie", dove abiti?»

Mi aveva dato l'indirizzo e il numero di cellulare che avevo appuntato al volo dietro a una ricetta del Tavor che tenevo sempre pronta in caso di bisogno ed ero scomparsa dietro il portone.

Poi mi ero data una rinfrescata e mi ero precipitata in ufficio.

«Agata, stai fissando il muro da un'ora e la tua scrivania è un disastro!» Martina aveva ragione, le penne erano sparse sul tavolo senza un criterio, i fogli del catalogo appena andato in stampa anche. Cominciai a riordinare tutto in modo convulso.

«Questo Calcaterra ti sta facendo bene» disse con un'aria furba.

«Non diciamo sciocchezze» tagliai corto.

Le avevo raccontato sommariamente quello che era successo e, invece di preoccuparsi, le sembrava una cosa straordinaria.

«Non hai capito il mio messaggio!» mi lamentai.

«Che cosa c'era da capire?»

«Io non prendo lezioni di tango! Pensavo avresti afferrato che sotto c'era qualcosa che non andava...»

«Infatti credevo fosse un modo per dirmi che ti stavi facendo l'ecodoppler.»

«Perché l'ecodoppler?» le avevo domandato.

«Come perché? Ti sei calata due pastiglie, il cuore ne avrà risentito!»

Mi ero incupita e avevo chiamato subito il medico per farmelo prescrivere, insieme ad altre analisi. Dopo l'esperienza che avevo vissuto, non potevo lasciar correre senza fare qualcosa.

Anche Grazia aveva reagito come Martina, si era entusiasmata, mi aveva detto che l'amore fa commettere molte sciocchezze e che finalmente anche io iniziavo ad averne i sintomi.

Certo che avevo i sintomi, ma erano quelli di una dermatite da contatto.

«Rosa mi ha confessato che si è pentita di non avermi fatto leggere Jane Austen, ma io non credo abbia fatto male, sai?» avevo raccontato a Grazia al telefono. «Il romanticismo non fa per me.

Voglio dire, quella è finzione, la realtà è tutt'altra storia. Si finisce sempre per soffrire. Tu sei l'esempio lampante!»

«E perché? Con Eugenio ora va bene, nel fine settimana mi porta a St. Moritz.»

«Lo so, ma per quanto?»

«Finché dura.»

«E dopo?»

«Ma dopo cosa?»

«Dopo la fine, perché c'è sempre una fine.»

«Se non lo provi, non lo saprai mai.»

«Non importa, tanto morirò.»

Ero turbata, confusa, e non riuscivo a smettere di pensare. Il cervello lavorava vorticosamente e la cosa mi procurava ansia. Dovevo chiamare Bernardo, l'unico che mi avesse mai capito.

Il pomeriggio volò e, più si avvicinava l'ora in cui sarei dovuta passare da Calcaterra, più mi convincevo di avere preso una decisione avventata. Che cosa mi era saltato in testa poi di offrirmi di andarlo a prendere a casa? Stentavo a riconoscermi.

«Innamorarsi è sempre pericoloso» mi disse lo psicologo.

Era tardo pomeriggio ed ero seduta di fronte a lui per la consueta seduta.

«Non c'è dubbio, ma qui di pericoloso c'è ben altro, e non ha nulla a che fare con l'amore.»

«Si concentri invece su questo. Se ci riflette, l'amore è il rischio più grande che possiamo correre, il mistero più imperscrutabile. Lei ne è terrorizzata.»

«Io sono terrorizzata solo dalla morte.»

«Eros e Thanatos. Entrambi nascono dal desiderio, che altro non è che l'essenza di ciò che siamo, il carburante che ci dà l'impulso a commettere pazzie. Lei nega di provare desiderio sperando che così scompaia, insieme a tutte le domande a cui non vuole rispondere. Ma che cosa succede quando il desiderio si insinua dentro di noi, inaspettato?»

«Lo combattiamo. Cioè, possiamo controllarlo, sopprimerlo, bandirlo! Mia madre poteva farlo, ma non lo ha fatto.»

«Sua madre ha vissuto seguendo i suoi desideri, lei vive soffocandoli. Talvolta una piccola inversione può essere positiva. Scappare non le servirà a niente, non la libererà dalle sue paure.»

«Non voglio finire come Rosa: innamorarmi, fare un figlio e poi crescerlo da sola. Che cosa ci ha guadagnato?»

«Glielo ha mai chiesto?»

«Per carità, e se poi mi confessasse che neanche lei sa chi è mio padre? Non potrei sopportarlo.»

«E perché?»

«Non è piacevole avere una madre promiscua!»

Mentre tornavo a casa, mi sentivo addosso una strana inquietudine, una specie di agitazione che non provavo da quando avevo fatto il primo esame all'università, una cosa a cui non riuscivo a dare un nome. La luce sul mio pianerottolo traballava da giorni, alla fine si era spenta del tutto. Avevo il batticuore, ma non a causa delle scale. Tra poco avrei rivisto Fabrizio, era questo a turbarmi.

O più semplicemente la dermatite.

18

Sbuffavo al volante mentre ripetevo a me stessa che non si trattava di un appuntamento perché lo stavo facendo solo per il Segantini, ma non ne ero granché convinta.

Appena arrivata a casa, avevo preso le chiavi della macchina, un vecchio cellulare dal cassetto e mi ero incamminata. Fabrizio abitava sulla Prenestina, quartiere in cui non ero mai stata in vita mia, e questo non faceva che aumentare il dubbio che dentro di me si stesse insinuando qualcosa di diverso. Fino a qualche giorno prima non mi sarei mai imbarcata in un'impresa simile. Che cosa me ne dovevo fare di questo qualcosa di diverso? Dovevo lasciargli il permesso di entrare?

Chiamai Bernardo.

«Non è facile» gli dissi. «Non voglio soffrire, non voglio abituarmi all'idea di avere accanto una persona per poi vederla andar via.»

«Non ti sto dicendo che sarà facile, ti sto dicendo che ne varrà la pena.»

«Ne è valsa la pena per Rosa? Non lo so. Voglio solo liberarmi di questa sensazione di smarrimento che provo quando sono vicina a Fabrizio. Non mi piace e non porterà a nulla di buono.»

«Le delusioni devono aprire gli occhi, non chiudere il cuore, tesoro mio. Tu ce l'hai sbarrato.»

«Meglio così. Mia madre ce l'ha avuto talmente aperto che ha fatto entrare chiunque, tenendo fuori l'unico che avrebbe dovuto accogliere. Non è normale.»

«E chi sarebbe?»

«Tu! Guarda che lo so che sei innamorato di lei, altrimenti perché le saresti stato vicino tutti questi anni? Tu sei una persona normale, solida, Rosa non lo è. È pazza, ho avuto una madre pazza.»

Rimase in silenzio per qualche secondo e io mi sentii sprofondare.

«Tua madre ti adora.»

«Lo so, certo. Lasciamo perdere, non avrei dovuto parlarti in questo modo, ti chiedo scusa.»

«Davvero pensi che io sia rimasto per lei?»

«E per chi sennò?»

Non rispose e concludemmo la telefonata ridendo del corso di meditazione trascendentale di mamma.

Nel frattempo mi ero persa.

Il navigatore mi aveva fatto fare inversione sulla Prenestina almeno quattro volte, solo dopo avere chiesto informazioni a un tossico e a due prostitute trovai la via che cercavo. Quando fui sotto casa sua, lo chiamai per dirgli di scendere.

«Puoi salire un momento? Sto finendo una lezione.»

Non mi piaceva, non mi piaceva affatto.

Parcheggiai e mi feci sette rampe di scale, l'ascensore era guasto. Arrivai all'ultimo piano distrutta e me lo trovai davanti prima di riuscire a darmi un tono.

«Trambusti, tutto bene? Sembri in procinto di avere un infarto.»

Buttai fuori quel poco di aria che avevo nei polmoni e provai a protestare: «Sono stufa di fare su e giù per le scale».

«Mi dispiace, l'ascensore è rotto dal '92 e nessuno vuole mettere i soldi per ripararlo. Entra, ne ho ancora per dieci minuti e scusa il disordine, non aspettavo visite.»

«Sei tu che mi hai fatto salire» dissi indispettita.

«Mi sembrava brutto farti aspettare di sotto in macchina. Vuoi qualcosa da bere? Acqua? Birra?»

Scossi la testa.

«Allora accomodati.»

Mi fece strada in salone e si eclissò. Mi guardai intorno e rimasi stupita, tutto sembrava ricordare l'appartamento dei nonni. Se li avessi avuti, sono certa che avrebbero vissuto in un posto così. Anche il soggiorno sapeva di antico, c'era un'angoliera con vetrina, un tavolo in noce e un'assurda credenza in legno con piattaia. Il servizio di piatti e tazzine sarebbe potuto appartenere a un'anziana zia inglese. Libri e spartiti musicali erano sparsi ovunque. Notai anche due metronomi sulla credenza e un leggio di metallo, appoggiato al muro. Annusai l'aria, profumava di legno e lavanda. Quella casa parlava di Fabrizio, era il suo mondo e pensai che lo rappresentasse perfettamente. Mi sedetti sul divano, dozzinale imitazione del modello Luigi Filippo, uno di quelli imbottiti e con lo schienale in legno sagomato, e aspettai. Sentivo la musica provenire da lontano. Mi piaceva quel posto, era assurdo, ma mi piaceva. Sul tavolo di fronte a me notai una fotografia in bianco e nero, dentro una pesante cornice in argento. Era molto rovinata, mi sporsi per guardarla meglio: una donna bellissima e dallo sguardo fiero quasi magnetico, identico a quello di Fabrizio, sorrideva all'obiettivo. I piedi nudi erano affondati nella sabbia, il vestito lungo e stretto faceva appena intravedere un principio di gravidanza, dietro di lei il mare. Non so quanto tempo rimasi a osservarla. In quegli occhi, in quel viso, vedevo Fabrizio, ne rimasi incantata.

Solo quando sentii dei rumori alle mie spalle, mi voltai.

Fui colpita dall'immagine, prima di tutto. Una ragazza dall'età indefinibile stava in piedi davanti alla porta dell'ingresso. La testa inclinata di lato faceva ricadere sulla spalla una cascata di ricci rossi che lei toccava in continuazione. Indossava una minigonna cortissima e degli stivali con il tacco. Aveva due fari verdi al posto degli occhi e grandi orecchini a forma di cerchio.

«Allora professore, sono andata bene?»

Deglutii.

«Benino.»

«Mi dia un voto.»

«Meglio di no.»

«Andiamo, prof...» Aveva iniziato a dondolare con il corpo. «Lo sa che ho convinto mia madre a farmi prendere lezioni di paracadutismo?» Guardava Fabrizio con aria ammiccante, era legale avere quello sguardo alla sua età?

«Fantastico.»

«Magari quando divento brava, potremmo lanciarci insieme, che ne dice?»

Ma tu senti questa.

«Magari.»

Eh? Come "magari"?

«Allora? Che voto, prof?»

«Quattro.»

«Ah!» gridai soddisfatta.

Entrambi si girarono e mi portai istintivamente le mani davanti alla bocca. «Scusate, non volevo» e mi sedetti composta sul divano.

«Quattro?» piagnucolò con gli occhi da cerbiatta.

«È per spronarti a fare meglio. Se ti dessi un voto alto, poi torneresti qui la prossima settimana senza avere studiato. Fai le scale e tutti gli esercizi.»

Sentii la porta chiudersi e un movimento d'aria alle mie spalle. Mi stava tornando l'agitazione.

E adesso? Che cosa avremmo fatto? Mi alzai imbarazzata. «Andiamo?»

«Quanta fretta, non vuoi proprio niente? Ho poco, ma...»

«No, grazie. Prima andiamo, prima torniamo.»

Volevo uscire subito, non potevo più restare in quella casa, mi sembrava così calda, così accogliente e familiare. Calcaterra indossava una maglietta che lasciava scoperte le braccia e questo mi fece ripensare a quando lo avevo spiato mentre si spogliava. Mi arrivò una vampata di calore, che lui notò subito. Mi sorrise. Non sfuggiva niente a quel maledetto.

«Fa molto caldo in questa casa» dissi, sventolandomi il viso con le mani.

«A me sembra ci sia una temperatura normale.»

Perché continuava a guardarmi con quell'aria strafottente?

«Se lo dici tu» sbuffai. «Possiamo andare? Avrei una certa fretta, oggi è stata una giornata difficile.»

Scoppiò a ridere e si decise a uscire.

Tirai un sospiro di sollievo e ringraziai il padre eterno, se ne esisteva uno.

19

Ero uscita barcollando dalla casa e mi ero fatta tutti i piani con i suoi occhi puntati addosso. Immaginavo si stesse domandando perché stavo facendo tutto questo, me lo stavo chiedendo anche io.

Sarebbe stato inutile interrogare il mio psicologo, non avrei capito la sua risposta.

Calcaterra si era messo al volante, guidava silenzioso.

«Come mai sei diventato un insegnante?» gli chiesi all'improvviso.

«Nell'ultima casa-famiglia in cui sono stato ho conosciuto Umberto, un vecchio insegnante di musica in pensione. Dovevi vedere con quanta passione si dedicava ai ragazzi, diceva che la musica poteva cambiare il mondo, bisognava solo imparare ad ascoltarla. Non si è mai arreso con me. È grazie a lui che ho ottenuto una borsa di studio per il conservatorio. Ora ho due scuole medie e il pomeriggio arrotondo con le ripetizioni. Comunque, non è che la mia vita sia cambiata poi molto. Non avevo un soldo prima, non ho un soldo ora. Sono meno arrabbiato, forse, e ho un grande progetto in testa.»

«Un grande progetto? Di che tipo?»

«Non ha importanza, tanto non ce la farò mai.»

Lasciai cadere il discorso, mi era sembrato che qualcosa del suo passato ancora lo tormentasse, e non era la scomparsa del padre. Aveva appena quarant'anni, un'età in cui un uomo avrebbe dovuto vedere realizzati i propri sogni e invece in lui sentivo la frustrazione di non riuscire a costruire un futuro.

«E sono tutte così le tue alunne?»

«Così come?»

«Hai capito...»

Scoppiò a ridere, mi voltai seccata a guardare fuori dal finestrino.

«Non ti arrabbiare, Elena è una ragazza di buona famiglia a cui piace fare la ribelle, ma almeno mi paga. La maggior parte di quelli che vengono a casa mia non lo fanno perché non possono permetterselo.»

«E perché continui a fargli lezione?»

«La musica può fare tanto, ha il potere di cambiare le cose. Ti dà disciplina, lascia andare la rabbia, il dolore, la malinconia. Annienta il passato, trattiene il futuro.»

«Per te è stato così?»

«"Colui che non può contare su alcuna musica dentro di sé, e non si lascia intenerire dall'armonia concorde di suoni dolcemente modulati, è pronto al tradimento, agli inganni e alla rapina: i moti dell'animo suo sono oscuri come la notte, e i suoi affetti tenebrosi come l'Erebo. Nessuno fidi mai in un uomo simile." Shakespeare, *Il mercante di Venezia*, atto quinto, scena prima.»

Lo ascoltai incantata.

«Elena vuole imparare a tutti i costi a suonare la chitarra, ma non le importa davvero» aggiunse subito dopo.

«Cioè? Ci prova con te? Ma è una bambina! Non è legale!»

«Se la assecondassi no, non lo sarebbe» e strizzò l'occhio.

«In ogni caso non mi sembra una ragazza equilibrata, non ci si butta da un aereo per piacere a un uomo.»

«E che cosa si fa, allora, per piacere a un uomo?»

Guardai fuori dal finestrino e non risposi. Che cosa ne sapevo di che cosa si faceva per piacere a un uomo? Cambiai discorso: «Ho visto la foto di tua madre, almeno credo fosse lei».

Desideravo mi raccontasse che cosa era successo e non per una semplice curiosità, ma perché volevo capire. Volevo capirlo.

«Sì, è lei. Quella foto è l'unica testimonianza dell'esistenza di mio padre, dall'altra parte dell'obiettivo c'era lui.»

«Una donna bellissima.»

«Mio padre aveva perso la testa, ma non così tanto da restare. Tutti avevano perso la testa, anche Gaetano.»

Mi voltai verso di lui, stupita.

«Quando mio padre è scomparso, ha creduto di poterne approfittare. Le ha anche prestato dei soldi, per me, per farmi crescere in modo dignitoso, soldi che noi non avremmo mai potuto restituirgli.»

«E allora sei diventato Gighen...»

«Già, ma non è come pensi, te l'ho detto, ero un grande stronzo.»

«Se sei così stronzo perché tutti vogliono aiutarti?»

Non mi rispose e si richiuse in se stesso. Non avrei saputo altro della sua vita e del suo passato.

Parcheggiò la macchina vicino a dove l'avevo lasciata pochi giorni prima e la cosa mi fece una certa impressione. Era buio ormai e ci incamminammo lungo il vialetto che avevo percorso quando la mia vita seguiva ancora una linea retta.

«Dici che la troviamo aperta?» gli chiesi.

«In caso contrario, so cosa fare.»

«Non vorrai scassinare la porta?»

«No, non scassinare. Forzare l'entrata.»

«Ma ci sarà un sistema di sicurezza, un allarme...»

Fabrizio mi rimandò uno sguardo compassionevole e io alzai le mani in segno di resa.

«Ho capito, lo disattivi.»

«Certo, lo disattivo eccome. Non ti sale l'adrenalina al solo pensiero?»

«Io l'adrenalina la sento mentre mi prelevano il sangue.»

«Quando io e Giamba entravamo nelle case per rubare» disse quasi sovrappensiero «eravamo terrorizzati, ma era proprio il terrore a darci forza e lucidità, lo sentivamo pulsare dappertutto. Ora mi sento nello stesso modo e dovresti sentirti così anche tu invece di nasconderti dietro non so quale malattia immaginaria.»

«Solo perché non sono una scassinatrice non vuol dire che non abbia mai provato delle emozioni. Non mi pare che voi siate finiti meglio di me.»

«Giamba no di sicuro, perché è morto.»

Deglutii.

Ecco da dove venivano le ombre che ogni tanto gli attraversavano lo sguardo. C'era di mezzo il fantasma di un amico. La madre, Giamba, suo padre. Quante persone care aveva perso? Eppure era sopravvissuto ed era stato anche capace di trasformarsi.

«Mi dispiace.»

«È passato tanto tempo ormai. Ora concentriamoci sull'effrazione» e strizzò un occhio.

«Non ti chiedere poi come mai finisci sempre nei guai. Aspetta, aspetta!» gridai, fermandomi in mezzo al vialetto.

«Che succede?»

«Eccolo, maledetto...»

«Chi? Trambusti, così mi spaventi.»

«Il tacco, aiutami a tirarlo fuori.»

«Stai scherzando, vero?»

«No, è mio.»

Alzò gli occhi al cielo, ma si accovacciò a prenderlo.

«Grazie.» Me lo porse e lo infilai in borsa. Lui mi guardò, scosse la testa e proseguì verso l'ingresso.

Davanti alla porta ci fermammo.

«Okay, ora dobbiamo fare meno rumore possibile. La villa è isolata, ma non si sa mai. Le torce sono nello zaino.»

«Schwarz, il mio capo, mi ha riferito che c'era una donna, una cameriera.»

«A quest'ora non ci sarà nessuno.»

«Che cosa dobbiamo cercare?» chiesi.

«Non ne ho idea.»

La porta era chiusa e Calcaterra, come promesso, riuscì ad aprirla senza difficoltà. Scattò anche l'allarme che lui disattivò in pochi secondi. Non potei fare a meno di ammirare la sua destrezza, in fondo a me Gighen era sempre piaciuto, molto più di Lupin.

Il fascio di luce illuminò i mobili, le pareti, il camino, tutto sembrava irreale. Mi tenevo aggrappata alla sua giacca come se avesse potuto volare via da un momento all'altro.

«La senti anche tu?»

«Cosa?»

«L'adrenalina.»

«No» mentii.

«Non hai sangue nelle vene.»

«Purtroppo sì» ed è malato, pensai.

In realtà sì che la sentivo, eccome. Ero entrata in una villa di nascosto insieme a un ladro dal torbido passato. Altro che *Cuore selvaggio*, qui eravamo ai livelli de *La schiava Isaura*.

Avanzammo. La prima cosa che notai furono i mobili coperti dai teli, la seconda fu il Segantini o meglio, la sua assenza. Esclamai qualcosa ad alta voce e Calcaterra mi zittì: «Sst, vuoi farci scoprire?».

«Il Segantini è sparito!»

«Il che?»

«C'era un quadro appoggiato al muro, lì» e gli indicai il posto esatto dove giorni prima era appoggiato il dipinto. «Lo hai preso tu?»

«Trambusti, non sono più un ladro e non so niente di opere d'arte. Era prezioso?»

«Moltissimo.»

«Non mi guardare così, giuro che sono innocente.»

Non gli credetti, ma lo seguii ugualmente lungo il corridoio. Con la coda dell'occhio scorsi il *secrétaire* e per un attimo fui attraversata da un lampo, un'idea che però mi sfuggì quasi subito.

Frugammo nei cassetti, negli armadi della camera da letto, dietro i quadri e le statue, sotto i cuscini e il materasso. Speravo sempre di vedere spuntare l'*Ave Maria a trasbordo*, ma del dipinto non c'era più alcuna traccia.

Fabrizio era deluso e lo ero anch'io. Lui si aspettava di trovare qualcosa che magari potesse avvicinarlo al padre, io speravo di fare la scoperta del secolo.

«Ragioniamo» dissi. «Papadopoulos era amico di tuo padre, nonché proprietario di questa villa. Da quanto mi hai detto i due sono scomparsi insieme, dopo quasi quarant'anni Papadopoulos ricompare e contatta la Mercy's perché ha deciso di mettere tutto all'asta. Probabilmente ha bisogno di soldi, ma allora perché sparire di nuovo?»

«Non so, magari è con mio padre...»

«Sapresti riconoscerlo?»

«No, purtroppo.»

«Forse era la persona con cui l'abbiamo visto allontanarsi.»

Mi morsi la lingua subito dopo averlo detto.

Mi sedetti sul letto, Fabrizio fece lo stesso, si teneva la testa tra le mani, era deluso. Lo eravamo entrambi.

Mi sdraiai, lui fece altrettanto. Mi irrigidii.

«Se quello con Papadopoulos era mio padre non me lo perdonerò mai» disse. «Ho visto Rocco, ho visto te e ho pensato solo che non dovevamo farci scoprire. Poi il tuo krav maga ha preso il sopravvento.»

«Mi dispiace, come potevo immaginare? Mi sono solo difesa.» Ero mortificata e scossi la testa pensierosa: «Non era tuo padre. Ora che ci penso... Sembrava più giovane di Papadopoulos... Sì, decisamente più giovane» mentii. Non ricordavo affatto che aspetto avesse quell'uomo. «E poi forse è andata meglio così. Voglio dire, se anche lo avessi incontrato che cosa avresti fatto?».

«Non lo so, non avevo un piano. Forse gli avrei chiesto semplicemente perché.»

«A cosa sarebbe servito?»

«Questo non posso saperlo.»

«Anche io non ho mai conosciuto mio padre, ma so per certo che non voglio conoscere la verità. Cioè, se alla fine lo incontrassi, che cosa cambierebbe? Non voglio sapere perché ha deciso di andarsene. Forse non mi desiderava, forse non mi voleva bene o forse, conoscendo Rosa, non sapeva neanche della mia esistenza.»

«Chi è Rosa?»

«Quella che mi ha messo al mondo ma che non ho mai potuto chiamare "mamma", perché avrei distrutto la sua individualità.»

«Questa non l'avevo mai sentita» e scoppiò a ridere.

«Non è affatto divertente.»

«Trambusti, credevo che avessi più senso dell'umorismo.»

Non risposi e rimasi per un po' in silenzio. Si creò un'intimità a cui non ero pronta, da quanto tempo non mi trovavo da sola con un uomo e per giunta distesa su un letto? Mi agitai molto.

«Comodo questo materasso, non trovi?» disse Calcaterra all'improvviso.

Annuii e non mi mossi. Se mi fossi alzata, lui avrebbe pensato che stessi pensando che volesse provarci. Rimanere distesa, però, voleva dire fargli credere che mi facesse piacere. Mi faceva piacere?

«Credo ci siano le doghe in legno» aggiunse.

Annuii di nuovo, che voleva fare? Vendermi il materasso?

Percepii uno spostamento. Senza muovere un muscolo ruotai gli occhi, per controllare cosa stesse facendo e lo vidi disteso su un fianco, con la testa appoggiata su un braccio.

«Che c'è?» gli chiesi.

«Tu hai paura di me. È assurdo, dovresti avere paura di tutt'altro in questo momento.»

«Non è vero. Mi hai spiegato e ho capito, eri giovane, stavi vivendo una situazione difficile...» dissi fingendo una disinvoltura che non avevo.

«Se avessi avuto paura di me in quel senso, non saresti certo venuta qui. Hai paura di me in quanto uomo.»

Scoppiai a ridere in modo innaturale.

«Meglio così» concluse, mettendosi a sedere.

«Perché?»

«Sei una donna complessa, Trambusti, e io non sono la persona giusta per risolvere queste tue complicazioni. Ora andiamocene.»

Tirai un sospiro di sollievo, pensavo di essermela cavata e invece si distese di nuovo accanto a me, questa volta molto vicino. Potevo sentire il suo respiro nell'orecchio.

«Cosa stai facendo?» gli chiesi.

«Tu cosa pensi?»

Allungò un braccio e con una mano mi sfiorò una guancia, ora le nostre bocche quasi si sfioravano. Sentivo il mio cuore che batteva all'impazzata eppure non riuscivo a muovermi, né a dire una parola.

«Siamo due adulti, in una casa che non conosciamo» mormorò.

«Ci siamo introdotti illegalmente e siamo distesi su un letto. Non senti anche tu l'eccitazione che sale?»

«No» mentii, eccome se la sentivo, oppure era un ictus.

«Appunto» disse, ritraendosi. Mi diede una pacca su una gamba e tornò seduto. «Non ti preoccupare, con me sarai sempre al sicuro.»

Ci rimasi male, malissimo, non era da me provare quel tipo di delusione. Ecco che cosa cercavo di spiegare al mio psicologo e a tutti i miei amici, bisognava proteggersi da persone come lui.

Intanto Calcaterra era sceso dal letto e si stava incamminando verso la porta. Feci altrettanto, ancora in trance. Non ero riuscita a difendermi, né a rispondergli a tono e la cosa mi faceva molta rabbia. E poi che cosa voleva dire "con me sarai sempre al sicuro"? Che non gli piacevo? Che non ero il suo tipo? Non c'era bisogno di sottolinearlo, che cafone. Infuriata, cercai di sistemarmi i capelli con le forcine.

Calcaterra se ne accorse, si bloccò e tornò verso di me.

«Lascia, ti aiuto io.»

«Grazie, faccio da sola.»

Alzò le braccia in segno di resa e proseguì verso l'uscita. Solo quando ripassai davanti al *secrétaire* mi ricordai quello a cui avevo pensato un paio di ore prima.

«Calcaterra» gridai a voce bassa.

«Che c'è?»

Gli indicai lo scrittoio: «Se io volessi nascondere qualcosa, lo metterei qui dentro».

«Ho già guardato.»

«Hai guardato nei cassetti visibili, questo è un *secrétaire* a scomparti segreti, si azionano solo se conosci il meccanismo.»

«Sei sicura?»

Appoggiai le mani sui fianchi: «Sicurissima».

«Va bene, allora aprili.»

«Non è così facile, ognuno è fatto in maniera diversa.»

«Sst. Hai sentito?»

«No, cosa?»

Mi poggiò una mano davanti alla bocca per farmi tacere.

«C'è qualcuno» bisbigliò.

Il mio cuore si fermò, così, senza preavviso. Deglutii ma non avevo più saliva in bocca.

Compresi che cosa intendeva Fabrizio quando parlava di adrenalina, la sentivo pulsare nelle vene, anche se non ero proprio sicura si trattasse di adrenalina. Stavo cercando di dare un nome a quello che provavo, quando Calcaterra lasciò la presa e quasi persi l'equilibrio.

«Mi sono sbagliato. Non c'è nessuno.»

Allora gli diedi uno schiaffo, una reazione nervosa, più per quello che mi aveva detto mentre eravamo distesi sul letto, per Barcellona, per la giornata a Torpignattara e per il Teschio, che non per la paura che mi aveva fatto prendere. Mi sentii come liberata da un groppo alla gola. Solo quando notai la sua espressione, mi resi conto di quello che avevo fatto.

«Scusami, non so che cosa mi ha preso» piagnucolai. «È stata una giornata molto lunga, forse lo stress. Ti ho fatto male?»

«Non sono abituato a essere aggredito da una donna e tu lo hai fatto già due volte.»

Persi quel po' di colore che avevo sulle guance, in fondo avevo di fronte un ex galeotto, uno che era stato mandato ai servizi sociali, che aveva scassinato, rubato.

«Porca miseria, Trambusti, dovresti vedere la tua faccia» e scoppiò a ridere. «Era uno scherzo» aggiunse.

«Davvero divertente, Calcaterra» e mi avvicinai al *secrétaire* senza aggiungere altro. In fondo mi sentivo meglio, lo schiaffo mi aveva liberata e lui se l'era meritato.

Trafficai per quasi un'altra ora senza risultato. Fabrizio, dopo avere percorso il salone in lungo e in largo, si era seduto sul divano. Guardai il display del vecchio cellulare, erano le dieci passate.

«Forse dovremmo rinunciare» dissi sconfortata. «Non è detto che ci sia davvero qualcosa, era un'idea, ma forse mi sbagliavo...»

«Era un'ottima idea» mi disse convinto.

Ripresi fiducia. Ero inginocchiata e circondata dai cassetti che avevo sfilato e poggiato a terra. Avevo svitato i supporti ai lati ma non era scattato nulla. Avevo ficcato le mani all'interno dei singoli vani, ancora niente. Erano venuti fuori altri cassetti, come scatole cinesi, ma non era saltato fuori nessuno scomparto segreto. Eppure sapevo che c'era dell'altro.

«Vedi questo blocco centrale?» proseguii. «Deve venire via in qualche modo.»

Percepii un movimento alle mie spalle, Fabrizio si era alzato dal divano e si era seduto accanto a me.

«Dici che c'è un meccanismo?»

«C'è sempre.»

Trafficai per altri venti minuti. Infilai le braccia ai lati, dove all'inizio c'erano i cassetti, e feci pressione sulle piccole pareti. Dopo pochi secondi ne sentii una cedere. Fui attraversata da un brivido. Anche Calcaterra se ne accorse e mi poggiò una mano sulla spalla. Questo peggiorò la situazione. Mi drizzai con la schiena e cercai di ignorare quel calore, continuando a fare pressione sulle pareti.

«Si sta muovendo» dissi.

Bastò un attimo perché il blocco centrale venisse spinto fuori.

Mi voltai verso Fabrizio, eccitata. E se non mi avesse detto quelle cose orribili mentre eravamo distesi a letto, avrei giurato che mi stesse guardando con desiderio, tanto che dovetti abbassare gli occhi.

«Brava» disse solo.

«Aiutami a sfilarlo. E stai attento.»

Lo poggiammo a terra e guardammo dentro. Non trovammo niente.

«Porca miseria, ero convinto avessi ragione.»

«Un momento, c'è qualcosa che...» infilai il braccio nel buco lasciato dal blocco centrale. Sollevai la base e, quando tirai fuori la mano, reggevo una busta da lettere, tutta arrotolata. Guardai Calcaterra che mi ricambiò con un'espressione che al momento non seppi decifrare.

Forse era paura per quello che avrebbe potuto scoprire.

20

Eravamo tutti a casa di Grazia che stava preparando i bagagli. L'aspettava un fine settimana a St. Moritz nella casa in montagna di Eugenio, il che comportava almeno tre Samsonite: una per le scarpe, una per l'abbigliamento da montagna e l'altra per la biancheria intima, le creme e i vestiti da sera. Fondamentali almeno due cambi al giorno.

La sera prima, dopo avere riaccompagnato Fabrizio a casa, eravamo rimasti a lungo in macchina a interrogarci sul significato di quel ritrovamento.

La busta conteneva un foglio scritto a mano con un elenco di quadri di Segantini e di un altro pittore a me sconosciuto, un certo Dimitri Bodinski. Dal momento che il foglio era ingiallito e rovinato, i titoli erano incomprensibili. Ero riuscita a leggere solo i nomi dei due artisti, niente più. Per Calcaterra l'elenco non aveva alcun significato e gli domandai se potevo tenerlo per qualche giorno, non aveva obiettato nulla.

«Se porti un'altra valigia, mi ci metto io dentro» gridò Guglielmo, riportandomi alla realtà.

«Sono molto avvilita» dissi.

Avevo raccontato della nostra scoperta e del fatto che non era venuto fuori nulla di sorprendente.

«Anche io lo sarei se mi vestissi come te» intervenne Luca mentre tirava fuori dal forno la sua creazione: lo scrigno di Venere, un timballo di tortellini conditi con besciamella e ragù e racchiusi in una crosta di pasta brisée. Una ricetta presa dal suo programma preferito, *Masterchef*.

«La perfezione!» esclamò Guglielmo. «Questa volta ti sei superato.»

«Secondo voi» intervenne Grazia, «la giacca tirolese la devo portare?»

«Ovvio» sentenziò Guglielmo. «Molto chic.»

«Per me no» dichiarai. «Ne hai già infilate quattro.»

«Agata» proseguì Guglielmo esausto. «Quelle erano giacche in velluto da giorno, questa è l'alternativa serale al caftano.»

«E allora perché me lo chiedete? A che le serve poi un caftano? Ha già preso dodici pashmine!»

Alzarono tutti gli occhi al cielo.

«Sono *shahtoosh*, o "stole dell'anello", fatte con il sottopelo di antilope tibetana» precisò Guglielmo.

«Comunque troppe» sentenziai.

Ci sedemmo a tavola, lo scrigno era davvero squisito.

«Che farai, Aghi, mentre sarò via?» chiese Grazia. «Rapimenti? Sopralluoghi notturni? Appuntamenti al buio?»

«Certo che la tua vita si è improvvisamente trasformata! Erano anni che aspettavo questo momento» intervenne Guglielmo. «Ora non ci resta che rinnovare il guardaroba. E cambiare parrucchiere. E fare un corso di portamento.»

«Chi l'avrebbe mai detto?» concluse Luca.

«Niente di tutto ciò» risposi. «Ho il pranzo domenicale con Rosa e Bernardo a casa mia e aspetto che Calcaterra recuperi il mio cellulare.»

«Non sei un po' eccitata, Aghi? Fino a dieci giorni fa non avresti fatto niente di tutto questo.»

«Provo una certa nostalgia per i tempi passati. E poi ormai è tutto finito, dopo che mi avrà riportato il cellulare, non avremo altre ragioni per rivederci.»

«Prima o poi doveva succedere.»

«Che cosa?»

«Che arrivasse un uomo a sconvolgerti l'esistenza, non lo trovi meraviglioso?»

«Ma se ho appena detto il contrario?»

«Appunto!»

«Sembri il mio psicologo.»

«Forse il corso di portamento è eccessivo» intervenne Guglielmo, continuando a seguire il flusso dei suoi pensieri. «Mi limiterei al look.»

«Lascia stare. È una battaglia persa» si intromise Luca.

«E poi non c'è bisogno di una ragione, Aghi» proseguì Grazia con dolcezza. «Se vuoi vedere una persona basta chiamarla, come facciamo tutti.»

«No, meglio di no.»

«Non hai nemmeno bisogno di una scusa! Puoi chiamarlo per parlare del foglio che avete trovato insieme.»

Me lo aveva detto anche il mio psicologo, in effetti: «Quell'elenco rappresenta un ponte».

«No, è un elenco, non un ponte.»

«Intendevo dire che lo è simbolicamente, perché la tiene legata a Fabrizio.»

Questa volta mi toccava dargli ragione.

«Ma che tipo di elenco è?» chiese Luca.

Frugai nella borsa e poggiai il foglio sul tavolo.

«È molto rovinato, abbiamo una lente d'ingrandimento?» Grazia frugò dappertutto e alla fine ne scovò una tutta intarsiata che sembrava un reperto archeologico.

«Fate attenzione, è legno di palissandro indiano.»

Guglielmo aveva preso in mano la lente: «La prima riga è impossibile da decifrare, la seconda anche, la terza... è un'*Ave Maria*!» gridò.

Saltai dalla sedia e gliela strappai di mano: «Lasciami guardare. La terza, dici? *Ave Maria... Ave Maria a trasbordo*? Può essere?».

Passai la lente di nuovo a Guglielmo e aspettai la risposta.

«Sì, potrebbe essere, perché?»

«Perché sarebbe una scoperta straordinaria.»

Pensai a Schwarz, a come avrebbe reagito. Pensai a Calcaterra e a come tutto questo potesse avere a che fare con lui, con la scomparsa di suo padre, con Papadopoulos e con quel nano di Gaetano.

21

Era domenica e stavo preparando il pranzo per Rosa e Bernardo. Grazia era partita, Calcaterra mi aveva scritto di essere riuscito a recuperare il mio cellulare. Sarebbe passato nel fine settimana a riportarmelo, non aveva specificato quando e io ero rimasta chiusa in casa tutto sabato ad aspettarlo.

Quando dicevo di non sopportare quel malessere, quel senso di mancanza che ti viene mentre aspetti una telefonata o un messaggio che invece non arriva, intendevo riferirmi proprio a questo.

Ero arrabbiata, più con me stessa che con lui, perché mi ero concessa una scappatella dal consueto modo di vivere che, benché privo di emozioni, mi consentiva di trascorrere serenamente l'esistenza. Ero finita come le persone che controllano il cellulare duecento volte al giorno o che fanno dipendere la loro felicità esclusivamente da quella di qualcun altro.

Dopo aver messo le pentole sul fuoco, mi avvicinai allo specchio e sciolsi i capelli che ricaddero lungo la schiena. Avevo indossato un vestito che mi aveva regalato Rosa molti anni prima. Non lo avevo mai messo, mi sembrava troppo colorato e provocante per via dell'ampio scollo sul davanti, in perfetto stile anni Settanta. Era giallo scuro, a portafoglio, con dei fiori stilizzati viola e verdi. Non avevo mai notato quanto fosse bello e dovevo ammettere che metteva in risalto la mia carnagione olivastra.

In quel momento ebbi una folgorazione. Che mio padre fosse di colore? Rosa aveva la pelle dello stesso colore delle lenzuola bianche dopo che sono state ripassate nella varechina. Certo, mio padre era Martin Luther King o Sidney Poitier. Forte di questa nuova scoperta aspettai il loro arrivo. Il pranzo fu piacevole e procedette senza intoppi, tranne per mia madre che non faceva altro che ripetermi quanto fossi bella con il suo vestito.

«E io che ero preoccupata per te...» disse. «Ora mi sento una sciocca.»

«Preoccupata? Per cosa?» chiesi.

«Rosa intendeva dire» intervenne Bernardo «che questo tuo atteggiamento nei confronti della vita, questa tua chiusura, lei crede sia colpa sua.»

«Non ha tutti i torti, le persone hanno bisogno di regole» dissi sicura.

«Le regole sono delle trappole, vanno bene solo se si infrangono» rispose Rosa, e dopo avere frugato nella borsa, tirò fuori una busta trasparente. «Porta questo per un po' di giorni, è un bracciale fatto di diaspro rosso.» Era più forte di lei, alzai gli occhi al cielo. «Protegge contro le influenze negative.»

«Ottimo.»

«Armonizza il corpo e lo spirito, diminuisce l'insicurezza e le paure e stimola la volontà e il coraggio. Devi tenerlo a contatto con la pelle.»

«Lo farò, come sempre.»

Intorno alle tre, mentre stavo sparecchiando, suonarono alla porta, andò ad aprire mia madre. Pensai potesse essere la signora Olga o Grazia, appena rientrata dalla montagna.

Sentii una voce provenire dall'anticamera: «Mi dispiace, non volevo disturbare».

Calcaterra? Avevo le mani sotto l'acqua e non ero preparata a quell'incontro, mi sentivo nuda.

«Non disturbi affatto, accomodati. Io sono Rosa.»

«Ah, la mamma di Agata.»

«Sì! E lui è Bernardo. Vieni, entra.»

Cercai di asciugarmi le mani in fretta mentre loro finivano le presentazioni e, non appena mi voltai, me lo trovai di fronte.

«Che ci fai qui?» gli chiesi.

«Anche per me è un piacere vederti. Ti ho riportato il cellulare.» Poi mi guardò come se mi vedesse per la prima volta: «Sei coloratissima».

«Troppo colorata.»

«Mi piace, mi piace molto. Fa meno Equitalia...» e mi fece l'occhiolino.

«Prendi una tisana con noi?» chiese mia madre.

«No» risposi, ma la mia risposta fu coperta dalla sua: «Volentieri, grazie».

«Fabrizio deve andare» proseguii.

«Hai un impegno?» chiese Rosa.

«No, sono liberissimo» rispose, sedendosi sul divano.

«È molto stanco, vero?» provai a insistere.

«Sto benissimo.» Poi si guardò intorno: «Trambusti, questa casa è inquietante, lo sai? Non c'è niente».

«Ah!» gridò Rosa. «Vedi? Te lo dicono anche i tuoi amici. Non l'avevi mai vista?»

«No» disse, guardandomi dritto negli occhi. «E se non fosse stato per lei, Agata non mi avrebbe mai fatto entrare.»

«E perché?» domandò Rosa.

«Dovremmo chiederglielo.» E gli occhi di tutti si posarono su di me. Soprattutto quelli di mia madre che sembravano particolarmente incuriositi. Aveva capito quello che per me era ancora indecifrabile.

Ettore, come se avesse sentito il richiamo della foresta, si andò a piazzare sulle ginocchia di Fabrizio e cominciò a fissarlo con i suoi occhioni acquosi.

«Scendi subito!» gridai.

«Lascia stare, non mi dà fastidio. Come si chiama?»

«Ettore.»

«Un bel maschietto.»

«È una femmina.»

Calcaterra mi fissò sconcertato, sbuffai: «Che c'è di male? Mi sono sbagliata».

Fabrizio scoppiò a ridere e da quel momento il mio pomeriggio si trasformò in un incubo.

Mia madre e Calcaterra andavano d'accordissimo, li avevano separati alla nascita.

Rosa gli spiegò il significato del mio nome, gli raccontò della cristalloterapia, della meditazione trascendentale e dell'increscioso episodio della maestra.

«Agata, buona e virtuosa» ripeté Fabrizio. «Lo dicevo io che...»

«Non sono mica sant'Agata però!» intervenni esasperata. «Quella è morta vergine.»

«Mi pare evidente che tu non sia morta. Sul resto...» alzò le mani.

Rosa scoppiò a ridere e quando riuscì a calmarsi esclamò: «Capisci, Fabrizio, non potevo lasciarla in quella classe. Già non dormiva, aveva gli incubi».

«Quelli li avevo per colpa tua, mi parlavi delle mie vite passate!»

«Tutti le abbiamo» rispose Rosa.

«Certo, come no? Poi uno si domanda perché vado dallo psicologo.»

Calcaterra si stava divertendo, era evidente.

«Devi passare a trovarmi» gli disse mia madre ignorandomi. «Tu hai bisogno della sodalite.»

«Sodalite?»

«Aiuta a superare le resistenze inconsce, i sensi di colpa che ostacolano lo sviluppo di un progetto. La sodalite dà coraggio e stabilità. Io credo che tu abbia un groppo qui» e gli toccò il petto «che devi sciogliere per continuare a vivere di quella libertà che insegui ma non riesci a raggiungere a pieno.»

Deglutii imbarazzata, ma quando guardai nella direzione di Fabrizio lui sembrava a suo agio.

«Sei una brava persona» continuò, «ma devi esserne convinto, il passato è passato e bisogna lasciarlo andare via.»

Le parole di mia madre mi ricordarono quelle che gli aveva rivolto Gaetano, lo aveva definito "feccia" e gli aveva detto che non sarebbe riuscito a cancellare quello che era stato. Forse ripeteva in continuazione di essere uno stronzo perché era quello che pensava di se stesso.

Rosa aveva la capacità di sorprendermi sempre, era riuscita a capire Fabrizio nel giro di un paio d'ore.

A un tratto, Bernardo mi chiese di tirare fuori la chitarra che tenevo da parte per lui.

«Suoniamo qualcosa» disse. «Qui abbiamo due grandi musicisti e un paio di cantanti strepitose!»

«E i due grandi musicisti chi sarebbero?» chiese Rosa, ridendo. «Fabrizio lo è di sicuro, ma tu Bernardo sei un pittore.»

«Va bene, va bene, faremo suonare solo Fabrizio.»

«Un momento» chiese Calcaterra. «Agata canta?»

«Come un usignolo.»

«Ma che stai dicendo? Non è vero!» Il terrore si era impossessato di me.

«Sei cresciuta con una chitarra in mano, tesoro mio. Ce l'hai nel sangue.»

«Ma tu guarda le cose che si vengono a scoprire.» Calcaterra mi guardò sorpreso.

«È tardi, voi dovete rientrare a Calcata e Fabrizio è stanco» provai a protestare.

«Non capisco perché insisti su questa faccenda della stanchezza.»

«Agata, cara, non fare storie. Prendila e portala qui.»

Seccata, aprii l'armadio e diedi la chitarra a Bernardo, che la passò subito a Fabrizio. Attaccarono a suonare e mia madre a cantare. Io mi presi la testa tra le mani.

Il culmine venne raggiunto quando intonarono la canzone napoletana di Nino Ferrer, *Agata*.

«*Ho piantato vino e sigarette lo sai perché. E non ci vedo e risparmio gli occhiali tutto per te. Vivo solo col mensile di impiegato comunale, spacco lira, spacco soldo e mi spacco pure me. Mi arrovello e mi arrabatto per accontentare te, e tu invece te la intendi col padrone di un caffè*. Ecco il ritornello» disse Fabrizio e inchiodò i suoi occhi ai miei. «*Agata tu mi capisci, Agata tu mi tradisci, Agata guarda, stupisci com'è ridotto questo uomo per te!*»

In quel momento mi sembrava ci fossimo solo noi due in salotto. Aveva una voce roca, sensuale. Per fortuna Bernardo mi riportò alla realtà. «Unisciti a noi.»

«No, davvero» non ne volevo proprio sapere di cantare, ero troppo agitata.

Allora mi accorsi che mia madre mi stava guardando, sorrideva con una strana luce negli occhi.

«Come faceva poi?» chiese Calcaterra a Bernardo, rompendo l'incantesimo tra noi due.

«*Ho ridotto il pasto giornaliero, sempre per te. La mattina soltanto un bicchier d'acqua senza caffè. Vengo a casa e non ti trovo e la chiave è dal portiere...*»

«Giusto. *Dov'è andata? Mah a ballare*» proseguirono insieme. «*Mi commuovo e penso che giocavamo a scopa insieme ogni sera dopo il tè. Ora faccio un solitario, guardo in cielo e penso a te. Agata tu mi capisci, Agata tu mi tradisci, Agata guarda, stupisci, com'è ridotto questo uomo per te!*»

Scoppiarono a ridere, non ci trovavo nulla di divertente.

Alle sette di sera, finalmente, decisero che era arrivato il momento di tornare a casa.

Sperai che Fabrizio li seguisse, ma sembrava non avere alcuna intenzione di muoversi.

«Esci con loro?» chiesi.

«Resto ancora un po'.»

Accompagnai Rosa e Bernardo alla porta.

«Mi piace» disse Rosa accarezzandomi una guancia. «Mi piace molto. E tu piaci a lui.»

«Non so di che cosa stai parlando» e chiusi la porta in faccia a entrambi.

Quando rientrai, lo trovai in piedi davanti allo stendino che avevo nascosto in un angolo della cucina.

«Porca miseria, Trambusti. Sei da ricovero.»

Lo guardai con aria interrogativa.

«Hai diviso il colore delle mollette per colore di abiti?»

«Certo.»

«E se spostassi la molletta blu su questa mutanda bianca? O la molletta rossa sulla camicia rosa? È meglio di un gioco a premi.»

«Smettila!» E così dicendo, cercai di afferrargliene una che teneva in mano.

«Aspetta, sposto questa gialla sulla gonna nera.»

«Basta! Se proprio non vuoi andartene allora usciamo da qui.» Ero esasperata.

«Tua madre è una forza.»

«Le madri degli altri lo sono sempre.» Mi pentii subito di quello che avevo detto: «Scusami tanto, non volevo. Mi innervosisce il fatto che tu sia qui. E smettila di spostarmi le mollette!».

Con un ultimo saltello, riuscii a strappargliela dalle mani. Mi sbilanciai e gli finii addosso. Sarei caduta se non mi avesse afferrato alla vita con un braccio. Mi aspettavo che mi avrebbe lasciata andare, invece non sembrava intenzionato a farlo. Continuava a tenermi stretta e a guardarmi.

«Grazie» mormorai, «ora sto bene.»

Con un leggero movimento di cui neanche mi accorsi, mi avvicinò alla parete e mi ritrovai con le spalle al muro. Tenevo in mano ancora la molletta e quando se ne accorse sorrise, me la prese dalle dita e la poggiò sul piano cottura accanto a noi. Provai a parlare per uscire dall'imbarazzo che mi mangiava viva.

«Gaetano ti ha ridato il cellulare senza battere ciglio?»

«Sì.»

«E che cosa ti ha detto? Insomma, era arrabbiato?»

«Ha capito che in questa faccenda siamo tutti dalla stessa parte. È uno stronzo, non uno stupido.»

«Quindi?»

«Sta' zitta, Trambusti.»

Mi attirò a sé e cominciò ad accarezzarmi il viso, il collo. Lentamente scese fino al seno e poi risalì di nuovo.

«Che cosa stai...»

Le sue dita mi impedirono di parlare, seguirono il contorno delle mie labbra per poi accarezzarmi il collo, i capelli e di nuovo le labbra.

Ero a un passo dal lasciarmi andare completamente. Poi mi tornò in mente quello che era successo nella villa e riuscii a riprendere il controllo. Che mi stesse di nuovo prendendo in giro per cercare di dimostrare chissà che cosa? Non smetteva di accarezzarmi, era difficile mantenere il punto.

«Stavo pensando» sussurrò «che quando mi hai baciato non mi è affatto dispiaciuto.»

Mi sentii sprofondare, avevo sperato tanto che non se ne ricordasse.

«Non ti ho baciato» dissi in un soffio. «Tecnicamente ero drogata.»

La sua mano continuava a toccarmi. Quando arrivò ai fianchi, scivolò sotto il vestito e mi sollevò una gamba, dovetti appoggiarmi a lui per non perdere l'equilibrio.

«Ho visto come diventi quando ti lasci andare.»

«Se lo fai per dimostrare che sono una che non perde il controllo, allora...»

Non riuscii a finire perché le sue labbra si appoggiarono alle mie senza che nemmeno me ne accorgessi.

Non ero mai stata baciata in quel modo, era come se fino a quel momento nessuno mi avesse mai baciata. E se in principio non riuscivo a smettere di pensare a tutte le malattie che mi stava trasmettendo, a dove mi avrebbe portata quel bacio, alla paura del dopo, lentamente un sentimento nuovo si insinuò dentro di me e infine esplose. Cominciai a ricambiare il bacio, a lasciarmi trasportare da lui. Le sue mani mi stordivano, la sua bocca mi faceva quasi male. Anche Fabrizio respirava a fatica. Lo strinsi ancora più forte a me, gli presi una mano e me la portai al seno. Sentivo il suo calore attraverso il sottile tessuto del vestito. Poi mi afferrò i glutei, sollevandomi da terra. Io circondai i suoi fianchi con le gambe mentre mi portava verso il divano. Si distese sopra di me e io mi sentii persa. Tirò il laccio del vestito che si aprì subito.

«Quanto sei bella, Trambusti» mi sussurrò, senza smettere di baciarmi. «Mi farai perdere la testa.»

Io l'avevo già persa.

Fu allora che tutto si fermò.

«Porca miseria» disse allontanandosi. «Scusami.»

Si passò una mano tra i capelli e si sedette accanto a me sul divano. «Non so che cosa mi è preso. Non dovevo...»

Avevo fatto qualcosa di sbagliato? Ero ancora troppo stordita per capire. Riuscii solo a riallacciarmi il vestito.

«Non succederà più, te lo prometto.»

«Ah, no?» chiesi mettendomi a sedere. Mi ero ripresa all'improvviso, una doccia fredda.

«No» disse, alzandosi.

Se avessi indossato i miei soliti vestiti questo non sarebbe successo, cercai di darmi un tono, tornare in me. Mi lisciai i capelli e cercai un elastico con lo sguardo.

Dovevo risolvere la situazione, tossii e mi diressi verso lo stendino. Presi la molletta che avevo poggiato sul piano cottura e fermai le mutande dello stesso colore. Mi calmò.

«Che stai facendo?»

«Metto in ordine.»

«Ora?»

«Non ti preoccupare, siamo entrambi adulti, sono cose che possono succedere.»

Cercai di alleggerire la situazione come potevo.

«Voltati, non fare la bambina.» Lo feci, anche se non volevo.

«Sei una persona eccezionale» disse. «Lo penso davvero. Hai un sacco di nodi irrisolti che non sta a me giudicare, ma il concetto non cambia. Vorrei averti conosciuta in altre circostanze, vorrei essere io un'altra persona. Ma sono fatto così. A me piace il caos, a te l'ordine. Io mi butto con il paracadute, tu neanche riusciresti a buttarti dalla sedia. Eppure ti sei lanciata in questa impresa con un coraggio da leone.»

Non capivo, le sue parole mi avevano confuso ancora di più: «Cosa vuoi dire?».

«Niente, solo che quello sbagliato sono io.»

La cosa non mi consolava affatto, continuavo a sentire il calore dei suoi baci e delle sue mani sul mio corpo. Sarei riuscita a tornare al punto di partenza? Insomma, non mi ero spinta troppo avanti?

«A questo punto non ha molta importanza, credimi, perché mi sei indifferente. Non tu in particolare» mi affrettai ad aggiungere, «ma tutti.»

«Tutti?»

«L'amore è un mito, una manipolazione. L'amore romantico non esiste.»

Fabrizio mi guardava esterrefatto.

«Penso» proseguii «che il sesso e l'amore rovinino la vita. La gente impazzisce, diventa matta, tipo *Attrazione fatale*.»

«Hai ammazzato un coniglio?»

Riuscì a farmi sorridere, come diavolo faceva? Era troppo pericoloso, avevo oltrepassato la soglia di sicurezza. Dovevo tornare indietro.

«Hai presente quando desideri qualcuno a tal punto da provare dolore fisico? Ecco, non va bene. Perché ridursi così?»

Calcaterra mi stava guardando nello stesso modo in cui avrebbe guardato una giraffa farsi largo nel traffico di Roma, mentre io sentivo che stavo recuperando la lucidità perduta, tanto che quando conclusi il discorso ero completamente tornata in me.

«Ora» proseguii «chiarito questo punto, amici come prima?» gli chiesi, allungando una mano verso di lui. Si limitò a guardare la mia mano, ma non la strinse.

«Sono stato davvero bene» mi disse. «È meglio che vada.»

Mi sorrise, si avviò verso l'ingresso e prima di chiudersi la porta alle spalle si voltò un'ultima volta e aggiunse: «Dovresti davvero riprendere a cantare».

Poi scomparve dal mio sguardo.

Sentii un vuoto enorme. Sentii che con lui se n'era andata la mia nuova vita. Sentii che con molta probabilità non lo avrei più rivisto.

Rimaneva aperta la questione dell'*Ave Maria* e di come quell'elenco di dipinti fosse finito nel *secrétaire* di Papadopoulos. Questione che non avevo più affrontato con Fabrizio ma su cui mi ripromisi di andare a fondo.

Parte terza

22

Come si comincia a credere nell'amore? In che modo stacchi il cervello e improvvisamente decidi di provare a lasciarti andare alle emozioni?

Erano trascorse tre settimane dall'ultima volta che avevo visto Fabrizio a casa mia.

E tre settimane sono ventuno giorni.

E ventuno giorni sono cinquecentoquattro ore, più o meno.

Ognuno di noi ha bisogno del proprio tempo nella vita, del proprio ritmo, un po' come nella musica, avrebbe detto Calcaterra. L'importante è essere pronti quando il famoso momento arriva.

Tre settimane era il tempo di cui io ho avuto bisogno per evolvermi. Cioè, trentacinque anni e cinquecentoquattro ore.

Il primo sintomo evidente che qualcosa non stesse seguendo i soliti binari si era manifestato già la prima settimana dopo l'uscita di scena di Calcaterra.

«Cosa dicono le analisi?» mi aveva domandato Martina appena mi aveva visto arrivare in ufficio sconvolta.

«Quali analisi?»

«Quelle che hai continuato a fare forsennatamente in questi giorni.»

Ero rimasta spiazzata per qualche secondo e poi, senza neanche risponderle, mi ero precipitata a ritirarle, più per mantenere il punto che per una reale necessità.

Il fine settimana successivo a cena da Grazia, Luca e Guglielmo non smettevano di fissarmi e bisbigliare tra loro, tanto che alla fine fui costretta a chiedere spiegazioni.

«Si può sapere che cosa avete stasera?»

«Ti sei guardata?» mi aveva chiesto Guglielmo. «Sembri Sandy Marton.»

«Più Joey Tempest, quello degli Europe» intervenne Luca.

Mi ero toccata i capelli e mi ero accorta di non averli legati e neanche pettinati, per la verità.

Anche il mio psicologo aveva rischiato di perdere il suo proverbiale distacco, tutti questi cambiamenti in una volta sola lo avevano lasciato frastornato.

«Alice cade nella tana del coniglio» mi aveva detto. «E i suoi sogni diventano realtà.»

«Questa l'ho capita!»

«Ah, sì?»

«Lei sta cercando di dirmi che i sogni sono fatti per le persone coraggiose, per quelle che sanno buttarsi in una tana.»

Era rimasto a guardarmi per un paio di minuti e poi si era commosso, credo per il fatto che lo avessi finalmente compreso più che per un reale traguardo terapeutico.

Nel frattempo mi ero buttata a capofitto nell'organizzazione dell'asta e nella ricerca dei quadri scritti sull'elenco. Ero convinta che quel foglio avesse un significato. Chi rinchiuderebbe qualcosa per anni in un *secrétaire* inaccessibile se non per custodirlo e nasconderlo agli occhi degli altri?

Con l'aiuto di Schwarz e Martina ero riuscita a decifrare i nomi dei dipinti riportati sul foglio. Erano una ventina in tutto, dieci di Segantini e altrettanti di questo Dimitri Bodinski: un artista contemporaneo, seguace di Segantini, battuto all'asta per la prima volta alla Mercy's di New York una trentina di anni prima. Ero stata alla biblioteca di Archeologia e Storia dell'arte in piazza Venezia per ben due fine settimana di fila e mi ero fatta un'idea dell'intera opera di Segantini e di Bodinski.

Più complicato sembrava riuscire a risalire a chi aveva acquistato questi dipinti e come mai non risultassero da nessuna parte. Era ovvio che non tutta la produzione artistica di Segantini fosse nota, ma qui si stava parlando di quadri sconosciuti alla maggior parte degli esperti d'arte, autenticati da qualcuno e poi rivenduti a dei privati. E c'era anche da risolvere la questione dell'*Ave Maria a trasbordo*.

Il titolo dell'opera era nell'elenco trovato nel *secrétaire*, il che voleva dire che in effetti ne esisteva una terza versione, quella che avevo visto a casa di Papadopoulos ma che poi era scomparsa.

Era un quadro di inestimabile valore, con molta probabilità lo aveva portato con sé all'estero. Eppure c'era qualcosa che non mi tornava.

«Come è possibile che di questo Bodinski non si sappia niente?» chiesi a Martina.

Era giovedì sera e alla Mercy's eravamo rimaste noi e la Tatti, che piangeva nell'altra stanza. Aveva di nuovo litigato con Claudette, che l'aveva costretta a fare gli straordinari e poi se n'era andata a un vernissage.

«Qui dice che è apparso per la prima volta nel 1980 alla Mercy's di New York. Il suo *Paolo e Francesca* è stato battuto all'asta per tremila dollari. Non male per uno sconosciuto.»

«L'ho visto, Paolo e Francesca sembrano due contadini, molto bello. Solo che qui in Italia non c'è traccia di questo artista, come ci è arrivato negli Stati Uniti?» domandai più a me stessa che a Martina.

«Non ne ho idea, comunque ha il tratto di Segantini, non c'è dubbio.»

«Di lui non esistono fotografie che lo ritraggono. Ho letto

che nessun critico d'arte lo ha mai incontrato. Com'è possibile?»

«Sarà come uno di quegli artisti eccentrici che si aggirano per le strade di New York vestiti come barboni. Sono distrutta, vado a casa. Tu domani non vieni, giusto?»

«No, voglio andare da Rosa che poi parte per un viaggio a Parigi, un raduno di nostalgici del Sessantotto.»

«Ci vediamo nel weekend?»

«Sì, basta che non mi trascini a tango.»

«Ora sono passata al boogie-woogie.»

«Sei instancabile!»

«La vita è una» mi disse con un sorriso.

«Ma vivere non è per tutti» e le mostrai le bustine di una tisana. «È scritto qui, sono quelle della pace interiore di mia madre.»

Ci salutammo e rimasi ancora un po' in ufficio.

Chiamai un taxi, perché ero carica di cataloghi vecchi della Mercy's che volevo consultare.

Ettore mi venne incontro facendo le fusa, la presi in braccio e mi accoccolai insieme a lei sul divano, davanti a *Cuore selvaggio*. Le avventure di Juan del Diablo e della sua amata Beatrice mi avrebbero risollevato il morale. Guardai incantata tre puntate di fila e mi dimenticai persino di mangiare.

Era arrivato il momento più importante, quello che preferivo, quando i due, sposati per ragioni differenti, scoprono lentamente di amarsi. Lui, apparentemente spietato, è in realtà nobile, generoso, onesto. I suoi atteggiamenti bruschi nascondono un cuore passionale, indurito dalle sofferenze. Lei invece, appena uscita dal convento, scopre il desiderio proprio tra le braccia di questo marito diventato pirata per colpa delle circostanze.

Juan mi ricordava qualcuno, Beatrice no, purtroppo. Io non ero certo uscita da un convento.

Consumai un intero pacco di kleenex.

23

Ero andata da mia madre, decisa a chiudere un cerchio, e quando si vuole chiudere un cerchio, non si riesce più ad aspettare. Sembrerà una cosa strana, ma non appena si innesca, il cambiamento mette l'acceleratore. Rosa aveva progettato da tempo il raduno a Parigi e dovevo vederla prima che partisse.

Avevamo pranzato e ora stavo scegliendo qualche vestito tra quelli che aveva tenuto nella speranza che un giorno mi fossi decisa a indossarli. Quel giorno era arrivato. Bernardo aveva preferito lasciarci sole. Un po' mi dispiaceva, avevo sempre trovato confortante la sua presenza.

«Fabrizio?» mi chiese a bruciapelo.

«Non lo so.»

«Un uomo coi chakra chiusi, proprio come te.»

«A me i suoi sono sembrati apertissimi.»

«Perché ti sei soffermata a guardare la superficie.»

«Comunque non ha più molta importanza» dissi rassegnata.

«Da quanto non lo vedi?»

«Non saprei» alzai le spalle per simulare disinteresse.

«Più o meno?»

«Cinquecentoquattro ore, così a spanne. Comunque non mi va di parlarne con te.»

«Per quale ragione?»

«Perché sei mia madre, non è sano.»

«Prima di essere tua madre sono...»

«Una donna» la precedetti.

«E anche tu lo sei. Non sei una fidanzata, una moglie, una compagna, sei prima di tutto una donna. Cosa ti ho sempre detto? Sei tu a scegliere, sempre. La libertà di scelta è...»

«Quindi tu hai scelto di non farmi conoscere mio padre?» me ne uscii così, all'improvviso.

Trentacinque anni e tre settimane per affrontare una questione che aveva ossessionato tutta la mia vita. Per tentare di chiudere il cerchio.

Come dice il mio psicologo, non bisogna avere paura di porre le domande. La questione è sapere se si è pronti a ricevere le risposte.

Rosa mi guardò intensamente, mi regalò un enorme sorriso e mi abbracciò.

Che razza di reazione era? Perché non mi prendeva a schiaffi? Si allontanò e scomparve in camera da letto.

Stava andando a suicidarsi? Non era da lei.

«Rosa» la chiamai. «Scusami tanto, non volevo essere brusca.»

Quando riemerse, aveva con sé una vecchia scatola di metallo. Si sedette sul divano e mi fece cenno di raggiungerla. Mi mostrò vecchie fotografie che accarezzava delicatamente e appoggiava tra di noi.

«Giorgio» disse, indicandomi la prima. «Introverso, timido, grande appassionato di filosofia. Ora è un professore alla Sorbona.»

Annuii, non sapevo bene che cosa si aspettava da me, era imprevedibile.

«Non è molto carino» dissi solo.

«Infatti, anche abbastanza noioso. Chissà cosa ci ho trovato.»

Ne prese un'altra. «Questo invece è Samuele. Di lui so pochissimo, tranne che faceva l'amore come un pirata.»

Deglutii e mi domandai come facessero l'amore i pirati, e soprattutto come facesse a saperlo mia madre. «Non so se voglio sentire queste cose...»

«Perché? Ah, lui è Eduardo, catalano.»

«Che bell'uomo» esclamai.

«Vero? Lo pensavo anche io all'epoca, persi completamente la testa. Non era molto intelligente, mi stancai quasi subito. Fu allora che conobbi Antonio...»

Qui si concesse un profondo respiro, Antonio doveva essere il suo preferito.

«Non ho foto con lui, come avrei potuto? Non uscivamo neanche dalla stanza.»

Arrossii per lei.

«Questo è Pierre, vedi? Io e lui al concerto di Bob Dylan.»

«Sei venuta molto bene qui.»

«Già, ero davvero bella.»

«Lo sei ancora.»

«Certo, solo che ora è diverso.»

Ripose lentamente le fotografie nella scatola e mi guardò soddisfatta.

«Adesso sai tutto.»

Rimasi in silenzio, tutto cosa?

«Non ho capito» dissi alla fine.

«Tuo padre.»

«Mio padre è uno di loro? Quale?»

«Tutti.»

Aprii la bocca per parlare, ma non mi uscì un suono e quindi la richiusi.

«O nessuno, anche se uno di loro dovrà pur essere.»

Mi alzai in piedi sconvolta.

«Ho cinque padri?»

«No cara, solo uno, ma non so chi è.»

Quando deciderete di chiudere un cerchio, siate ben sicure di volerlo fare davvero.

24

Intorno all'una decisi di andare a dormire, dopo un'estenuante serata da Grazia.

«Non so chi sia mio padre» avevo piagnucolato, lamentosa. «Ti rendi conto?»

«Sì che lo sai, Samuele, Giorgio, Pierre... Come hai fatto a non capire? Io l'ho sempre sospettato.»

«Perché?»

«Aghi, hai una madre che è un'irriducibile del Sessantotto, sei cresciuta in mezzo a uomini nudi e a spinelli, credo sia già tanto che i suoi sospetti si indirizzino solo verso cinque persone. Poi che ti importa? Io ne ho due!»

«No, un momento, tu sei nata da una madre e da un padre, poi le cose si sono complicate...»

«Non credo si siano complicate, sono figlia loro, punto. Così come tu sei figlia di Rosa e di Bernardo, il resto non conta. Parliamo invece di Calcaterra, è lui la parte che devi affrontare.»

«Cosa c'entra adesso Calcaterra?»

«Lo hai chiamato?»

«Certo che no.»

«Fallo.»

«Sei pazza? E che gli dico?»

«Non ha importanza, ma fallo ora. Buttati, rischia, vivi, innamorati. Spogliati, ubriacati, vai a ballare il tango, viaggia, perdona e perdonati.»

«Tutte queste cose insieme?»

«No, una per volta. Sono fiera di te, fiera che tu abbia avuto finalmente il coraggio di chiedere a Rosa la verità, ma il tuo problema non è mai stato questo. Hai fatto una domanda di cui in fondo già conoscevi la risposta.»

«Ho una madre promiscua.»

«Tanto ci sei tu che compensi.»

Crollai a dormire quasi subito, peccato che mi vennero a trovare Pierre, che cantava come Bob Dylan, Giorgio, il filosofo noioso, Eduardo, quello poco intelligente, Antonio, Samuele vestito da pirata e l'implacabile Drogo. Quella notte mi fecero tutti visita.

«Che ti avevo detto?» mi ammoniva Drogo. «Se esci dalla fortezza non puoi sapere quello che ti aspetta.»

«Tu mi avevi suggerito di farlo!»

«Sì, ma stavo per morire.»

Fu allora che venni svegliata dallo squillo del cellulare. Risposi senza neanche pensare, con la testa ancora nel sogno.

«Agata Trambusti?» era la voce di un uomo all'altro capo del telefono.

«Papà?»

«Agata Trambusti?» domandò di nuovo.

Mi ripresi e mi spaventai, che fosse successo qualcosa a mia madre?

«Sì? Sono io, chi è?»

«Sono il proprietario del Jazz Cafè.»

«Come? La sento malissimo.»

C'era musica di sottofondo e una grande confusione.

«Sono qui con suo fratello.»

«Mio fratello? Io non ho fratelli.»

Oppure sì? Poteva essere, se avevo cinque padri.

«Fabrizio Calcaterra non è suo fratello? Se non viene subito chiamo la polizia.»

Mi drizzai a sedere.

«No, non la chiami. Certo, mio fratello, che sciocca. Per un attimo mi ero dimenticata di averne uno.»

«È ubriaco fradicio e sta facendo un casino micidiale.»

«Arrivo, mi dia una ventina di minuti. Non chiami la polizia.»

Mi vestii in un baleno, infilandomi maglioni a caso e i pantaloni della tuta. Presi le chiavi della macchina e mi precipitai fuori.

Il Jazz Cafè si trovava nel quartiere Prati, a due passi da casa mia, ci avrei messo pochissimo. Durante il tragitto pensai solo che per qualche ragione Fabrizio non stava bene e aveva chiesto aiuto a me, che non ero certo sua sorella, ma che cosa avrebbe potuto dire? Chi ero per lui?

Parcheggiai la macchina in doppia fila e mi precipitai all'interno. Chiesi del proprietario che si presentò subito e mi fece strada verso il retro del locale. Aprì una porta chiusa a chiave e mi fece segno di entrare.

«Prego, è tutto suo. Siamo stati costretti a chiuderlo qui dentro sennò spaccava il locale.»

«Grazie.»

«Mi deve ripagare i danni, ci pensa lei?»

«Certo.»

«E domani?»

«Domani cosa?»

«Gli ho pagato due serate, quella di oggi e quella di domani. Se mi lascia nella merda, qui dentro non ci rimette più piede.»

«Domani sarà qui, ne sono sicura.»

Fece spallucce e si eclissò.

Quando entrai, Fabrizio era disteso sul divano in uno stato pietoso. I capelli erano arruffati, la maglietta era sporca di vomito e di alcol e la stanza sembrava essere stata squassata da un terremoto.

«Eccola, la mia sorellina.» Poi scoppiò a ridere. «Lo sai, vero, che non sei mia sorella?»

Rimisi in piedi le sedie, che erano tutte rovesciate a terra, e buttai nel cestino lattine di birra e pezzetti di carta. Poi mi avvicinai a lui e cercai di sollevarlo.

«Dobbiamo andare via.» Non collaborava ed era troppo pesante per me. «Avanti, Calcaterra, da sola non ce la faccio. Mettimi un braccio intorno al collo...»

«Lasciami stare. Vai via.»

«Mi hai fatto venire qui spacciandomi per tua sorella e ora mi cacci?»

Non rispose nulla, ma divenne triste all'improvviso.

«Rachele è morta» disse, guardandomi dritto negli occhi.

«Mi dispiace...»

«Giamba è morto, mia madre è morta, tutti quelli a cui voglio bene prima o poi muoiono. Tu perché sei ancora viva?»

Sentii un tuffo al cuore, era un modo contorto per dirmi che mi voleva bene, speravo solo di non morire per poterlo dimostrare.

«Sono "feccia", ha ragione Gaetano.»

«Quello dovrebbe mettersi delle scarpe rialzate prima di parlare.»

Scoppiò a ridere.

«Lo sai perché ti ho fatto venire? Quello stronzo stava per chiamare la polizia e ho avuto paura, mi avrebbero sbattuto dentro di nuovo e non posso permettermelo. Quando hai già sbagliato una volta è meglio tenersi lontano dai guai.»

«Hai fatto bene, ora però tirati su.»

«Anche a Barcellona sono scappato. Sapevo che ti avrebbero arrestata, ho avuto paura e sono scappato.»

«Non importa.»

«Sono un codardo.»

Ero riuscita a farlo alzare, ma non si reggeva in piedi e non avevo la forza per sostenerlo. Dovevo chiamare qualcuno, lo rimisi a sedere e mi affacciai alla porta.

«Aspettami qui, torno subito» gli dissi, e lo vidi alzarsi e barcollare verso di me.

«Ah, ora cammini? Va bene, lasciami prendere le tue cose.»

«Ma che vuoi da me? Tu e tutte le tue patologie. Te le sei portate dietro?»

Approfittai del suo momento di delirio per afferrare la giacca appoggiata al divano e il contrabbasso, ma quando mi girai era scomparso. Uscii fuori e lo vidi appoggiato al bancone.

«Una vodka liscia, grazie» disse alla ragazza che stava servendo da bere.

«Ce la prendiamo a casa tua, che ne dici?» mi intromisi.

Mi guardò come se mi vedesse per la prima volta.

«Trambusti! E tu che ci fai qui? Una vodka anche per te.»

«Ho la macchina qui davanti, andiamo.»

«Va bene.» Poi si rivolse alla ragazza: «È pazza di me».

In quel momento, ci raggiunse il proprietario del locale che mi aiutò a portare fuori il contrabbasso, non mancò di ricordarmi il pagamento e la serata del giorno dopo. Lo feci salire in macchina, gli allacciai la cintura e finalmente riuscii a partire.

«Dove mi stai portando?»

«A casa.»

«Tua?» e sorrise in modo innocente. «Non sei male, è che sei troppo strutturata per i miei gusti. Non vai bene per me. Nessuna può andare bene. Poi non credo di farcela questa sera.»

«Me ne farò una ragione.»

«Ti sei offesa?» mi chiese, buttandosi dalla mia parte.

«Stai fermo, lasciami guidare. Ti sei tolto la cintura?»

«Sì.»

Accostai, scesi dalla macchina, feci il giro e gliela riallacciai.

«Ora, per favore, stai buono.»

Rise come un ragazzino. Ci mettemmo più di mezz'ora per arrivare sulla Prenestina, dovevo fermarmi in continuazione. Le scale poi furono un incubo, nonostante avessi lasciato il contrabbasso nell'atrio. Scivolava in continuazione, si lamentava, mi insultava e un paio di volte rischiò di farmi rotolare giù. Fui costretta a fermarmi a ogni piano per riprendere fiato.

Arrivai stremata davanti alla sua porta. Frugai nelle tasche della giacca e in quelle dei pantaloni alla ricerca delle chiavi.

«Che fai? Mi palpeggi?»

«Basta, non ce la faccio più!» gridai.

«Okay, okay. Le prendo.» Infilò le mani nella giacca e tirò fuori le chiavi. Entrammo e lo appoggiai un momento al muro per chiudere la porta, scivolò a terra.

«No» imprecai. «Alzati da lì.»

«Vieni giù tu.»

Mi chinai e cercai di rimetterlo in piedi.

«Dove diavolo è la tua stanza?» gli chiesi esasperata.

«In fondo al corridoio.»

Camminammo fino a lì e alla fine riuscii a buttarlo sul letto. Gli tolsi le scarpe, la maglietta e tutto quello che potevo sfilargli. Il suo corpo era così bello da guardare che per un attimo rimasi a contemplarlo rapita.

«Che c'è?» mi chiese.

«Niente, mettiti a dormire.»

«Ti ho vista, mi stavi guardando.»

«No.»

«Ah, birichina...»

«Ma perché ti sto ancora a sentire?»

«Lo sai perché ti ho fatto chiamare?»

«No, non lo so» dissi esausta.

«Perché sapevo che saresti venuta, perché mi fido di te e perché sei l'unica persona che avrei voluto con me in questo momento. Non conosco nessun altro che lo avrebbe fatto.»

«Va bene» deglutii. «Ora però mettiti a dormire. Vado a prendere il contrabbasso e mi sistemo in salotto. Sarò di là se avrai bisogno.»

«Non te ne andare.»

«Non me ne vado, te l'ho detto. Mi metto sul divano e se mi vorrai...»

«Certo che ti voglio, Trambusti, non sai quanto.» Mi guardò dritto negli occhi e dovetti distogliere lo sguardo per non andare a fuoco. «Ma tu poi vorrai ancora me?»

Non avevo capito niente e quindi non risposi. Mi limitai a uscire dalla stanza e ad affrontare di nuovo le scale. Quando rientrai, sentii dei rumori provenire dalla cucina. Lo trovai in piedi, mezzo nudo, che rovistava nel frigo. Riemerse con due birre.

«No, queste ora le dai a me» e mi precipitai verso di lui.

«Ingorda» mi rispose.

Lo precedetti in camera e gli indicai il letto. Non appena si distese, si rilassò e chiuse gli occhi. Stavo per andare in salotto, quando mi sentii afferrare la mano e tirare.

«Resta qui con me.»

«Meglio di no.»

«Niente regole per questa sera. E poi non vedi che sono ubriaco da far schifo?»

Mi distesi accanto a lui tutta rigida e un po' distante.

«Ora cerca di dormire, però» dissi.

Scoppiò a ridere, allungò le braccia e mi attirò a sé, mi voltai di spalle e lui mi abbracciò da dietro. Sgranai gli occhi appena sentii il suo corpo nudo aderire al mio.

«Sono un fallito» bisbigliò contro la mia schiena. «Non ho mai combinato niente di buono nella vita. Ho sempre fatto soffrire tutti. Rachele era una bellissima ragazza, è colpa mia se è morta.»

Rimasi in silenzio durante tutto il suo sfogo.

«Perché sei venuta?» mi chiese alla fine.

«Perché mi hai fatto chiamare» mentii.

«Per ora mi va bene come risposta.»

Si addormentò subito e io feci altrettanto, anche se molto dopo di lui, per ovvie ragioni.

25

Mi ero svegliata intorno alle dieci, dolorante. Mi faceva male tutto, avevo dormito tesa e con i muscoli contratti. Drogo non si era fatto vivo, per fortuna, ma Bodinski sì. Mi era apparso in sogno mentre trascinava un carrello della spesa lungo le strade di Los Angeles. Un homeless, solo che invece di raccogliere lattine di birra e stracci andava in giro a distribuire i suoi disegni. Uno riuscii a vederlo bene, raffigurava la Pimpa che correva sui rollerblade. Scesi dal letto ancora frastornata cercando di fare meno rumore possibile e mi girai a guardarlo, sembrava così sereno. Io mi sentivo uno straccio, dovevo assolutamente prendere un'Aspirina.

Mi diressi verso la sala dove avevo lasciato la borsa e tirai fuori il beauty delle medicine. Rovesciai il contenuto sul tavolo ma non lo toccai, rimasi a contemplare i piccoli blister colorati. Una marea di domande si accavallavano nella mia testa: che cosa dovevo fare? Andare a casa? Restare?

Ero in preda a una totale confusione. Tutto era successo così velocemente: Rosa che mi rivela le molteplici identità di mio padre, Calcaterra che dopo tre settimane torna a farsi vivo ubriaco, le ricerche sul Segantini. In un mese Agata non era più Agata. Che si fossero affacciate le famose vite precedenti?

Frugai nella borsa alla ricerca del ciondolo di agata muschiata che mi aveva dato Rosa il giorno prima.

«Prendilo, ne hai bisogno» mi aveva detto. «L'agata muschiata aiuta a intraprendere nuovi percorsi e libera dalle paure e dalle angosce che ostacolano il cammino.»

La tolsi dall'involucro e me la legai al collo: mai come in quel momento, sperai che la pietra riuscisse nel suo intento.

Tornai alle medicine, Xanax, Ciproxin – l'antibiotico a largo spettro, quello che andava bene per tutte le stagioni –, Aulin e Aspirina.

«Trambusti, hai intenzione di aprire una farmacia abusiva qui dentro? Ho già troppi guai.»

Calcaterra era in piedi, i capelli arruffati e il viso segnato, eppure sembrava uscito da una telenovela brasiliana. Era il proprietario di una fazenda, un proprietario buono e giusto, appena sceso da cavallo, pronto a condurre gli schiavi della sua piantagione di caffè in battaglia per la difesa dei loro diritti.

Io sembravo la sua domestica. Tirai indietro le spalle per darmi un tono, ma c'era poco da fare, soprattutto per via dei capelli. Tentai di addomesticarli, ma mi restarono due dita incastrate dentro un nodo, non riuscivo più a sfilarle. Difficile sembrare sicura e a proprio agio in una situazione del genere.

Coprii il disagio con una domanda: «Come stai?».

«Male.»

«Ti ho svegliato?»

«Mi ha svegliato il mal di testa. C'è un'Aspirina lì in mezzo?»

«Certo.» Ne presi una. «Vado a prenderti un bicchiere d'acqua.»

«Grazie.»

Si distese sul divano dove lo ritrovai un minuto dopo, quando feci ritorno in sala. La prese con una sola sorsata e rovesciò la schiena all'indietro. Mi sedetti accanto a lui.

«Credo di doverti delle scuse» disse, con un filo di voce e gli occhi chiusi.

Non sapevo che cosa dire.

Aprì gli occhi, cosa che gli richiese un enorme sforzo, e si voltò a guardarmi.

«Sono stato così terribile?»

Annuii.

«Mi dispiace.»

Poi scivolò con la testa sulle mie gambe. Il cuore mi stava scoppiando nel petto, temevo potesse sentirlo. Trattenni il respiro. E adesso? Che dovevo fare?

«Sono a pezzi» bisbigliò.

Non sapevo dove mettere le mani e allora le lasciai cadere a peso morto, una lungo il fianco, l'altra sulla spalliera. Sarei rimasta così, imbalsamata, se non mi avesse afferrato una mano e non se la fosse portata al viso. Smisi di respirare quando cominciò a darmi piccoli baci sul palmo, più e più volte con una dolcezza infinita. Sentii che qualcosa di profondo dentro di me si stava sciogliendo. Mi decisi a staccare l'altra dalla spalliera e gliel'appoggiai sul fianco, poi cominciai ad accarezzarlo.

La sua bocca non aveva smesso un attimo di baciare la mia mano e di stringerla come se quella potesse scappare da un momento all'altro. Non sapeva che non avrebbe mai trovato rifugio migliore?

«Sei un gran casino, Trambusti» disse, mi lasciò il polso e si sollevò.

Quell'improvvisa lontananza mi diede le vertigini, per fortuna ero seduta.

«Puoi tornare a casa, ora sto meglio.»

Come a casa? Come poteva essere così caldo e così distante un secondo dopo?

«Va bene» risposi, non riuscii a dire altro. «Ce la fai a suonare stasera? Vuoi che ti passi a prendere?»

Capii in quel momento che cosa volesse dire desiderare qualcosa. Desideravo rivederlo con tutta me stessa e mi stavo comportando come non mi sarei dovuta comportare. Ci mancava solo che gli preparassi il bagnetto.

Mi guardò con i suoi occhi profondi che riuscivano a toccarmi dentro e fece cenno di no. Sentii un vetro immaginario infrangersi nella mia testa.

«Mi arrangio, anche se non penso che ci andrò.»

Tornai in me, nell'altra Agata, quella che mi era stata tanto familiare per anni. Ero rientrata nel mio corpo. Mi alzai in piedi e lo affrontai.

«Devi andare!» gridai. «Il proprietario ha detto che altrimenti si riprende i soldi.»

«Pensi che me ne freghi qualcosa? È morta Rachele, ora non ho davvero più niente.»

"Hai me" avrebbe risposto la Beatrice di *Cuore selvaggio*. E invece l'altra Agata, che ormai era tornata a pieno regime, gli rispose con una frase insensata: «Basta piangerti addosso, troppo comodo. Stasera ti fai una doccia, ti vesti e vai a suonare. E non perché hai preso un impegno. Qualcuno mi ha detto che sono le nostre azioni a definirci, a determinare ciò che siamo. Ora non mi ricordo chi, forse il mio psicologo o mia madre. Comunque è così».

Mi resi conto che sarebbe stato meglio rispondergli come Beatrice, perché non dimenticherò mai il suo sguardo, era quello del proprietario della fazenda di fronte alla servetta che aveva tramato contro di lui.

«In ogni caso non è una cosa che ti riguarda. E non ti azzardare a tirare fuori il denaro al posto mio. Ero ubriaco, non sordo. Troverò i soldi in qualche modo, nessuno paga i miei debiti. Non più.»

Annuii, raccolsi in silenzio le mie cose, ingurgitai uno Xanax e me ne andai.

Appena fuori dalla porta scoppiai a piangere.

26

Ero un fiume in piena, inconsolabile.

Quel pomeriggio, a casa, stavo versando tutte le lacrime che non avevo versato nella mia vita. Piangevo per i miei cinque padri, per Fabrizio, per la mia vita così inutile, per le malattie che credevo di avere, per Ettore a cui avevo dato il nome sbagliato, per quel dolore che sentivo nel petto e che temevo non sarebbe più andato via, per Segantini, per Bodinski, per Papadopoulos, per Bernardo a cui volevo bene come fosse mio padre ma non glielo avevo mai detto, per l'appartamento in stile sovietico in cui abitavo da sempre, per le lezioni di tango a cui non ero mai andata, per la morte di Anthony (quello di *Candy Candy*) e per Terence che pur amandola non l'aveva voluta. Piangevo anche per tutto il tempo che avevo impiegato a impormi di non piangere.

Martina mi aveva chiamata per organizzare la serata e appena aveva sentito come ero ridotta, si era precipitata da me.

«Ti rendi conto che Anthony muore in mezzo alle sue rose?» singhiozzai.

«Una tragedia, ci siamo disperate tutte.»

«Io no, io ho riso. E ora voglio piangere!»

«Mi sembra che tu abbia recuperato a sufficienza.»

«No.»

«Senti, o trascorri il resto della tua vita a versare le lacrime che non hai mai versato o...»

La guardai speranzosa in attesa dell'alternativa. Martina rifletté a fondo poi disse: «O andiamo a comprare delle tende allegre per questa casa, ti iscrivi a tango, piangi quando devi piangere e chiami questo Calcaterra».

«L'ho già chiamato.»

«E che dice?»

«Ha il cellulare staccato. Non lo rivedrò mai più, ne sono sicura.»

Martina sprofondò nel divano accanto a me.

«Ti piace davvero tanto, vero?»

Annuii.

«Troviamo il lato positivo della faccenda, non ti ho mai visto in questo stato.»

«E che cosa ci sarebbe di positivo?»

«Il fatto che tu non sia mai stata così male. Pensi che il mondo ti sia caduto addosso e che non starai mai più bene? Vorresti rivederlo, stare con lui? Credi che sia l'unico uomo sulla terra?»

Annuii di nuovo.

«Allora vuol dire che stai benissimo!»

«Daresti grandi soddisfazioni al mio psicologo.»

Martina si alzò in piedi e afferrò la borsa: «Dov'è questo Jazz Cafè?».

«In Prati.»

Capii al volo dove voleva arrivare: «Non possiamo andare lì. No, no e poi no. Non possiamo. Non vuole assolutamente che io mi impicci nelle sue faccende».

«Non mi hai detto che hai paura che non si presenti e che sarebbe un disastro?»

Annuii.

«Salveremo la situazione e allora, quando gli sarà passata la rabbia da orgoglio maschile calpestato, si renderà conto che il tuo intervento è stato provvidenziale e dovrà chiamare per ringraziarti.»

«Sei diabolica» dissi e mi asciugai le lacrime.

«Anni di allenamento. Poi ho sempre sognato di cantare *Diamonds Are a Girl's Best Friend* davanti a una platea!»

La guardai atterrita, ma smisi di piangere. Era pazza. Avevo degli amici pazzi.

«Non avrai intenzione di metterti a cantare?»

«Ma se sono stonata come una campana?»

Tirai un sospiro di sollievo e pensai che era un'ottima scusa.

«Prima però andiamo a fare shopping» concluse. «Devo comprarmi qualcosa di rosa, una collana di diamanti e tu la tappezzeria nuova.»

27

Entrammo al Jazz Cafè come fossimo state le coriste di Madonna. Martina era stata di parola e aveva comprato un tubino rosa che le stava malissimo, io avevo indossato la tuta intera di mia madre, nera con i pantaloni a zampa e incrociata sulla schiena.

Per restare fedele alla vecchia Agata, mi ero tenuta i capelli legati e gli occhiali. Non c'era stato verso di convincermi, i cambiamenti vanno introdotti a piccoli passi.

A pensarci bene somigliavamo più agli *Abba* che alle coriste di Madonna.

Serbavo in cuor mio la speranza di vedere arrivare Calcaterra da un momento all'altro, ma più passava il tempo più la fiducia si affievoliva. L'avevo chiamato un altro paio di volte senza successo, il cellulare era sempre staccato.

Il proprietario si avvicinò al nostro tavolo.

«Sta arrivando?» chiese.

«Certo» risposi, e Martina aggiunse a gamba tesa: «In caso contrario la mia amica è bravissima».

Sputai il sorso di vino che avevo in bocca, imbrattando la carta del menu e il tavolo.

«Canta in un gruppo» proseguì imperterrita. «Fanno revival anni Settanta.»

Sarei intervenuta se il vino non mi fosse andato di traverso e non fossi stata impegnata a non morire soffocata.

«Tra venti minuti sul palco» e si allontanò.

Martina aveva lo sguardo fiero di chi accompagna la migliore amica alle audizioni della Juilliard, la scuola di musica di *Saranno famosi*.

«Sei pazza?» le dissi sottovoce. «Cosa ti è saltato in testa?»

«Mi hai sempre detto che cantavi.»

«Ma le canzoni di Bob Dylan! Mi ci vedi a salire sul palco di un Jazz Cafè e cantare *Blowin' in the Wind*?»

«Allora speriamo che arrivi...»

Ogni volta che la porta di ingresso si spalancava mi voltavo, nell'illusione di vederlo entrare. Dopo venti minuti avevo il torcicollo, di Calcaterra non c'era traccia. Sudavo freddo e mi tamponavo la fronte con la salvietta.

«Sembri una vecchia obesa al mercato della frutta» disse Martina. «La smetti?»

«Come facciamo? Quello non arriva e non posso neanche pagare il proprietario, altrimenti Calcaterra mi ammazza. Non è stata una grande idea...»

«Che delusione.»

«Non mi resta che scusarmi.»

Mi alzai e mi diressi verso il bancone dove il proprietario stava bevendo.

«Senta» esordii. «Mi dispiace moltissimo, ma non posso cantare.»

«La gente viene qui perché sa che può ascoltare della buona musica e questa sera non sarà da meno. Non so se mi spiego» disse minaccioso.

«Posso pagare per l'inconveniente» risposi titubante. In fondo questa volta il danno era stato mio.

«Non è una questione di soldi, è la reputazione che conta. Quindi lei ora sale su quel palco perché è questo che si aspettano i miei clienti.»

«Se è una questione di reputazione» gridai, «vedrà cosa succederà dopo che avrò cominciato a cantare!»

«Perché non me lo ha detto subito?»

La sua voce aveva cambiato tono, sembrava sollevato e non riuscivo a comprenderne le ragioni visto che gli avevo appena detto che la serata sarebbe stata un disastro.

«Mi ha fatto prendere un bello spavento» continuò.

«Sapesse quanto mi sono spaventata io.»

Ma che razza di conversazione era?

Poi disse: «Suo fratello è arrivato».

«Mio fratello?»

Fu allora che sentii un braccio che mi avvolgeva la vita e mi attirava verso un corpo che ormai avrei riconosciuto anche al buio.

«Mia sorella è un tipetto ansioso» disse al proprietario con un sorriso irresistibile.

«Ciao, Trambusti» aggiunse, strizzando un occhio.

Sputai fuori l'aria che avevo nei polmoni (che non mi ero neanche accorta di trattenere) e mi sentii rinascere. E non perché avrebbe suonato al posto mio.

«Mi dispiace per il ritardo e per il resto. Non succederà più» disse all'uomo, l'altro annuì e si voltò verso il bancone, come a chiudere il discorso.

«Credevo non saresti venuto» mormorai.

«Anche io lo credevo. Dove sei seduta?»

Gli indicai il tavolo dove Martina continuava ad allungare il collo nel tentativo di guardare la scena, senza nemmeno simulare disinteresse.

«Ora devo andare a casa» aggiunsi.

Avevo una disperata voglia di fuggire, forse ero bipolare. Fino a cinque minuti prima non vedevo l'ora di rivederlo e adesso sarei voluta scomparire.

«Non ci provare, Trambusti» e mi prese la mano, trascinandomi verso la mia amica.

Si fermò a un passo dal tavolo e mi guardò negli occhi: «Fammi capire bene, eri disposta a salire sul palco e cantare, mentre restare qui con me ti costa troppa fatica?».

Ero ammutolita. Fece un profondo respiro e continuò: «Mettiamola così, se ti chiedessi di restare lo faresti?». Annuii. «Te lo sto chiedendo ora.» E si allontanò senza aspettare la mia risposta.

Salì sul palco, salutò il pubblico e cominciò a suonare.

Rimasi incantata ad ascoltarlo e quasi dimenticai tutto il resto, ignorando persino i tentativi di Martina di comunicare con me, tanto che alla fine sbuffò e si arrese. Non mi accorsi nemmeno che seduta al tavolo accanto al nostro c'era Elena, la studentessa di Fabrizio. Ma non era vietato fare entrare minorenni? Indossava un mini abito rosso fuoco che avrebbe fatto impallidire la sorella del Teschio tanto non lasciava nulla all'immaginazione. Era di una bellezza struggente, quella che solo le adolescenti di un certo tipo possiedono, le adolescenti belle.

Martina si alzò: «Vado a casa».

L'afferrai per un braccio: «Non puoi andartene adesso». Ero terrorizzata di rimanere da sola in quel posto.

«Agata, ho fatto tutto quello che dovevo, ora sono stanca e voglio andare a casa.» Era irremovibile.

Feci un ultimo tentativo: «Siamo con la mia macchina, non puoi andare».

«Chiamo un taxi.»

Giusto, non ci avevo pensato.

«Cerca di stare tranquilla» mi bisbigliò a un orecchio. «Se non te la senti, puoi sempre tirarti indietro e tornartene a casa. Non sei obbligata a fare niente che tu non voglia.»

Ma di che stava parlando?

Mi sorrise, prese la giacca e mi stampò un bacio sulla guancia: «Chiamami domani».

Rimasi al tavolo da sola a rosicchiarmi le unghie, mi ricordai che non mi ero lavata le mani e me le levai dalla bocca. Alzai lo sguardo, Elena mi stava fissando.

Allora ripresi a mangiarmi le unghie, tanto ormai ero malata.

28

Cosa ci facevo ancora in quel locale?

Durante la pausa, Calcaterra era stato sequestrato, prima da un gruppo di *milf* tutte magrissime e con delle tette enormi, poi da Elena, sopraggiunta a passo di carica per scalzare le vecchie. Un uomo per tutte le stagioni, pensai. Lui mi aveva guardato un paio di volte, con la rassegnazione di chi deve portare a termine un compito pesante ma doveroso. Mi ero limitata a sorridergli e niente più. Ora che aveva ricominciato a suonare avevo la sensazione di essere di troppo. Decisi di andarmene, mi alzai e gli feci un gesto con la mano, non volevo distrarlo ma neanche sembrare maleducata.

Iniziò a parlare al microfono e si stava rivolgendo proprio a me.

«Scusate» disse. «Vorrei dedicare questa canzone ad Agata, mia sorella, che oggi è qui» e mi indicò con un gesto della mano. Tutta la platea mi puntò gli occhi addosso, sorrisi imbarazzata e rimasi in piedi rigida, con la borsetta in mano. Era stato un colpo basso, bassissimo. Ora sì che me ne volevo andare il prima possibile.

«Certe volte mi fa arrabbiare» proseguì. «Perché è una donna complicata, molto complicata. Ma ce l'ho nella testa e non riesco proprio a liberarmene.» Le lacrime che avevo versato quel giorno non erano bastate perché si stavano riaffacciando. Poi attaccò: «*Ho piantato vino e sigarette lo sai perché. E non ci vedo e risparmio gli occhiali tutto per te. Vivo solo col mensile di impiegato comunale, spacco lira, spacco soldo e mi spacco pure me. Mi arrovello e mi arrabatto per accontentare te, e tu invece te la intendi col padrone di un caffè. Agata tu mi capisci, Agata tu mi tradisci, Agata guarda, stupisci, com'è ridotto questo uomo per te!».*

La canzone era la stessa che aveva cantato a casa mia insieme a Bernardo, solo che questa volta aveva una musica diversa, più jazz, adattata per il contrabbasso. Adattata per me. Era un gesto bellissimo, ma lo sarebbe stato ancora di più se lo avesse fatto per Agata la donna, non la sorella. Era così che ci si sentiva quando si stava male per un amore non corrisposto? Bell'affare avevo fatto.

«Ho comperato un orologio inglese tre anni fa e son tre anni che mi si è guastato e che non va. 'Sto vestito grigio scuro ha cambiato di colore e si e fatto verde chiaro. Era quello di papà. E mi ha detto il vecchio sarto non lo posso rivoltare, l'ho già troppo rivoltato e più di questo non si fa. Agata tu mi capisci, Agata tu mi tradisci, Agata guarda, stupisci com'è ridotto questo uomo per te!»

I suoi occhi non smettevano di accarezzarmi, in mezzo a tutta quella gente lui guardava me, cantava per me. Che cosa strana l'amore. Avevo conosciuto un uomo e quest'uomo ora stava suonando per me, mi sembrava una conquista incredibile ed era una conquista solo mia. Aveva poca importanza che cosa provasse Calcaterra – anche se non proprio pochissima – ciò che contava davvero era quello che sentivo io. Rosa avrebbe detto che mi si erano sbloccati i chakra, il mio psicologo avrebbe usato una terminologia differente, ma la sostanza restava la stessa. Avevo cominciato a vivere.

«Ho ridotto il pasto giornaliero, sempre per te. La mattina soltanto un bicchier d'acqua senza caffè. Vengo a casa e non ti trovo e la chiave è dal portiere... Dov'è andata? Mah a ballare. Mi commuovo e penso che giocavamo a scopa insieme ogni sera dopo il tè. Ora faccio un solitario, guardo in cielo e penso a te. Agata tu mi capisci, Agata tu mi tradisci, Agata guarda, stupisci com'è ridotto questo uomo per te!»

Scoppiarono gli applausi, mi ritrovai a battere le mani entusiasta e a sorridere, ma decisi che me ne sarei andata comunque, non me la sentivo proprio di assistere ai rinnovati assalti delle sue fan. Per quella sera ne avevo avuto abbastanza.

Lo salutai con la mano e uscii.

29

Ero a casa da un'ora e proprio non riuscivo a prendere sonno. Distesa a letto, in camicia da notte, fissavo Ettore che mi guardava a distanza, dall'alto del suo mobile preferito, l'armadio. Faceva le fusa e mi guardava, come se volesse comunicarmi qualcosa. La vidi socchiudere gli occhi e abbassare la testa, in segno di approvazione. Era il suo modo di comunicarmi che comprendeva quello che stavo passando e mi appoggiava.

Il nostro dialogo silenzioso venne interrotto dal citofono. Entrambe sbarrammo gli occhi e la prima cosa a cui pensai fu Rocco, l'uomo con il neo. Sapeva dove abitavo e mi era venuto a prendere già una volta. Scesi dal letto e andai a rispondere in preda all'ansia.

«Chi è?»

«Chi vuoi che sia, Trambusti?»

«Calcaterra! È successo qualcosa?»

«Perché te ne sei andata? Ti avevo chiesto di restare.»

«Ero stanca.»

«Aprimi, così ne parliamo.»

«Non c'è niente di cui parlare e poi è l'una di notte!»

Lo sentii sbuffare. «Vuoi aprirmi o dobbiamo continuare la conversazione in questo modo?»

«Sono in camicia da notte. Non possiamo sentirci domani?»

«Sì che possiamo, ma ormai sono qui.»

Non sapevo più che cosa dire.

«Trambusti, è più facile espugnare una fortezza che farsi ascoltare da te. Mi fai salire o no?»

Non avevo più scuse da opporre alla sua insistenza.

«Sta diluviando, sono bagnato fradicio e mi stai facendo prendere una polmonite.»

Stava diluviando? Schiacciai l'interruttore del portone e mi precipitai a indossare i pantaloni della tuta e una maglietta. Mi legai i capelli e lo aspettai sulla porta a braccia conserte.

Quando lo vidi apparire dalle scale era tutto asciutto.

«Lo sapevo, non sta piovendo! Mi hai mentito.»

Poggiò a terra il contrabbasso, si accostò allo stipite della porta e rimase a fissarmi.

«Una piccola bugia a fin di bene. Che fine ha fatto la camicia da notte? Me ne ero immaginata una tutta trasparente, lunga fino ai piedi.»

Avvampai e sperai non se ne accorgesse.

«Fammi entrare.»

«No.»

«Fammi entrare.»

«Ti ho detto di no! Anzi, ho aperto solo perché pensavo stesse piovendo.»

«Porca miseria, Trambusti. Tu mi farai diventare matto. Io davvero non ti capisco, sei un enigma. Prima ti presenti come una bambina ipocondriaca che deve tenere le emozioni fuori dalla porta, poi all'improvviso ti trasformi in una donna dannatamente sexy che si lancia in un'impresa folle accanto a un uomo che conosce appena e di cui per qualche strana ragione decide di fidarsi. E sul più bello, proprio quando non riesco più a toglierti dalla testa, scappi. Spiegami se c'è qualcosa che ho frainteso.»

«Hai detto "dannatamente sexy"?»

«Sì, ma non era la parte rilevante del discorso.»

Non so che cosa mi esplose nella testa, non saprei descriverlo, neanche con il famoso senno di poi. So solo che lo afferrai per la giacca e lo trascinai dentro, chiudendo la porta con un calcio. Gli appoggiai le braccia sulle spalle e con un salto gli avvinghiai le gambe intorno alla vita. Dovette afferrarmi il sedere per non farmi cadere. Le nostre bocche si sfioravano e quando mi sorrise capii di essere persa.

«Lo sapevo che eri pazza» bisbigliò.

Cominciai ad accarezzargli il viso con le mani e lui chiuse gli occhi. Poi lo baciai e fu un bacio lento, che ricambiò con foga. Neanche mi accorsi che eravamo finiti in camera da letto.

Si sfilò la giacca e lo aiutai a togliersi il resto, i suoi tatuaggi, il suo corpo mi davano alla testa. Quando mi infilò una mano sotto la maglietta, avevamo già il respiro corto.

«Sei bella da morire, Trambusti. Ma tu non lo sai.»

Sorrisi. «Anche tu non sei male. Però lo sai.»

Scoppiò a ridere. «Intendevo dire che sei bella tutta.» Arrossii. Come spiegargli che anche lui lo era? Se soltanto fosse riuscito a guardarsi con i miei occhi. Non riuscii a dire nulla perché mi baciò con una passione che mi lasciò sopraffatta. Poi scivolò sotto di me, senza smettere di accarezzarmi. Mi ritrovai seduta sul suo corpo, incapace di formulare un solo pensiero. Stava accadendo davvero, questo solo contava. Allungai le braccia sopra la testa perché potesse sfilarmi la maglietta, e notai che mi guardava. Mi vergognai moltissimo e lui se ne accorse perché mi sorrise e cominciò ad accarezzarmi la schiena, in tutta la sua lunghezza. Poi fece scivolare una mano dentro i pantaloni e con l'altra mi afferrava un seno. Lo tenevo abbracciato e lo baciavo ovunque, sulle labbra, sul collo, sul mento. Non mi importava più di niente. Aveva scelto me.

A un tratto mi prese il viso tra le mani e mi guardò dritto negli occhi.

«Che c'è?» bisbigliai, ero certa di aver fatto qualcosa di sbagliato.

«Sst.» Mi accarezzò una guancia: «Tu sei questa, Trambusti. E io l'ho capito quando ti ho vista dimenarti intorno a quel palo».

Scoppiai a ridere, aveva ragione, non c'era niente di cui preoccuparsi. Mi sollevò e mi adagiò sul letto con infinita dolcezza.

Mi accarezzò il viso, la bocca e riprese subito a baciarmi, per poi scivolare giù, sui seni e proseguire fino all'elastico dei pantaloni che abbassò lentamente senza mai staccare la bocca dalla mia pelle.

Non potevo sapere se tutti i miei anni di solitudine avevano contribuito all'intensità di quel momento, ma sapevo che nessun altro sarebbe riuscito a farmi sentire come mi stava facendo sentire lui.

Cominciò a baciarmi dove non ero mai stata baciata e allora persi definitivamente il controllo.

Quando alla fine entrò dentro di me mi sentii davvero come Beatrice alla sua prima notte di nozze con Juan. Conoscevo a memoria la scena.

«Mi sembri spaventata, hai paura?» chiese lui.

«Sì.»

«Di cosa?»

«Il fatto è che non so niente di queste cose.»

«Io non so cosa tu sappia o cosa ti abbiano detto, ma ti assicuro che questo può diventare bello quanto si vuole. Sei così bella, così dolce. Voglio che dimentichiamo tutto quello che ci è successo. Voglio che da questo momento per noi cominci una nuova vita.»

Ecco, era esattamente quello che stavo vivendo.

All'alba Calcaterra era stremato, io no. Avevo tutti i capelli arruffati e sembravo Linda Blair prima dell'esorcismo.

«Vuoi vedermi morto» disse mentre mi teneva stretta a sé.

Lo abbracciai forte e lo ricoprii di baci sul petto.

«Ma Ettore è sempre stata lì?» mi chiese indicandola con lo sguardo. Non si era mossa dall'armadio.

«Credo di sì.»

«Ci ha guardato tutto il tempo. Inquietante.»

«Non ci vede molto bene.»

«Che sollievo.»

Mi fece girare e mi abbracciò da dietro, mi baciava il collo, la testa, l'orecchio. «Non sono mai stato così vicino a una persona come lo sono adesso con te.»

Annuii e lo strinsi forte a me, sentivo il suo respiro sulla mia schiena.

Avrei voluto dirgli che per me era la stessa cosa, ma avevo un groppo alla gola e non riuscivo a parlare. Avevo paura che mi sarebbe scappato un "ti amo" di troppo. Perché la verità era quella, lo amavo, e me ne ero accorta proprio mentre mi dimenavo intorno a quel palo. Anzi, forse prima. Solo che non potevo dirglielo, sarei sembrata un'adolescente alle prime armi, anche se in fondo lo ero, ma non era necessario che lo sapesse.

«Oggi devo andare al funerale di Rachele.» Fece una pausa e non dissi niente.

Rimanemmo così per un po' e stavo per addormentarmi quando lo sentii bisbigliare: «Grazie per ieri notte».

Feci appena in tempo a sorridere che crollai come un sasso, per la prima volta dopo un sacco di tempo.

Drogo non si fece vedere e neanche Bodinski vestito da homeless, né tantomeno la Pimpa.

A Calcaterra non avevo ancora raccontato nulla delle mie ricerche, non volevo riaprire delle ferite. Meglio lasciare le cose come stavano finché non fosse emerso qualcosa di importante.

30

Mi aggiravo per casa da ore.

Fabrizio era uscito prestissimo per andare al funerale di Rachele e non si era più fatto vivo. Forse quella mattina avevo esagerato, l'avevamo fatto altre due volte su mio invito neanche troppo dissimulato. Non riuscivo a capire che cosa mi stesse succedendo, stentavo a riconoscermi, che fossi una ninfomane? Dovevo parlarne subito con lo psicologo, ma l'appuntamento era fissato per martedì, sarei sopravvissuta fino ad allora? Forse ero come mia madre. In fondo, al proprio destino non si sfugge.

Mentre facevamo colazione gli avevo raccontato dei miei cinque padri, dall'agitazione non smettevo un attimo di parlare.

«Trambusti, stai tranquilla.»

«Ora devo fare qualcosa, provare a rintracciarli. Hanno scoperto il test del Dna, non sarà difficile scoprire chi è tra i cinque.»

«Perché dovresti fare una cosa del genere?» Si era fatto serio: «Porca miseria, Agata, un padre ce lo hai sempre avuto. Non andare a cercare quello che non c'è».

«Ma devo pur sapere...»

«Sai cosa vuole dire crescere come sono cresciuto io?»

«Non me l'hai mai detto, che significa?»

«Non capiresti» si era chiuso di nuovo nel suo mondo.

«Mettimi alla prova. Oggi, subito, posso accompagnarti, venire con te.»

«Restane fuori, non hai nulla a che fare con loro.»

«Con te sì però.»

«Forse è stato uno sbaglio.» Mi ero sentita morire e Fabrizio doveva averlo capito dalla mia espressione perché aggiunse, più calmo: «Voglio dire, che cosa ci fai con uno come me?».

«Sei una brava persona, Calcaterra, e questo mi basta.» Lo guardai seria: «Ma forse è a te che non basta».

Lui si prese un attimo per riflettere poi disse: «Non è così semplice, Agata. Ti ricordi quando abbiamo parlato di quello che mi sarebbe piaciuto fare? Dei sogni che vorrei realizzare?».

Annuii.

«Vorrei avere i soldi per crescere dei figli.» Lo ascoltavo con tutte le cellule del mio corpo: «E non parlo solo dei *miei* figli, vorrei avere abbastanza soldi per pagare insegnanti come Umberto che salvano la vita a tanti ragazzini, abbastanza soldi per finanziare delle case-famiglia che possano offrire una buona istruzione ai bambini abbandonati. Ma non sarà possibile, perché mio padre se ne è andato e ci ha lasciato nella merda, perché Gaetano si è preso Giamba e ha lasciato libero me. E io non sono stato capace di fare niente».

Sentivo le lacrime scendere contro la mia volontà, forse erano gli ormoni.

«Non piangere, non ne vale la pena. Dimentica quello che ho detto» concluse in modo duro.

«Ah! Sta' zitto. Come fai a non renderti conto di quello che hai già fatto e che ancora puoi fare? È tutto nelle tue mani, solo che sei troppo preso ad autocommiserarti per accorgertene.» Le parole mi erano uscite direttamente dalla bocca senza passare per la testa. Me ne pentii subito perché lui chiuse l'argomento e se ne andò. Non lo avevo più visto, né sentito.

Provai a chiamarlo, telefono staccato. Non mi piaceva saperlo a Torpignattara, e se Gaetano lo avesse scoperto e avesse deciso di vendicarsi della nostra fuga? Era quasi sera, il funerale doveva essere finito da un pezzo, l'unica spiegazione era che si trovasse in pericolo.

«E poi? Che cosa ti ha detto?» mi chiese Grazia, che era venuta subito a casa mia appena mi aveva sentita così disperata.

«Niente, se ne è andato, ma non è questo il punto.»

«E quale sarebbe il punto?»

«Il punto è che Calcaterra è stato preso da Gaetano, ne sono sicura. C'è qualcosa del suo passato che non mi dice. Non mi tornano i conti.»

«Non è che Fabrizio è semplicemente scappato dopo la notte che gli hai fatto passare? Non sarebbe da biasimare.»

«Sono sicura che sia stato rapito.»

«Chi te lo dice?»

«Se così non fosse, mi avrebbe dato sue notizie!»

«Povera Aghi, alle prese con l'amore. Ti do una notizia: gli uomini scappano e spesso non richiamano.»

«È terribile, e una che cosa deve fare?»

«Se conoscessi la risposta sarei già sposata da tempo.»

«Tu odi il matrimonio!»

«Io non lo odio, è che per sposarsi bisogna essere in due. E comunque era prevedibile, non mi sembra uno da legami duraturi.»

La guardai spaesata.

«Non avrai davvero pensato che dopo una notte di sesso vi sareste fidanzati? Che fine ha fatto la donna che sosteneva che non esistono le storie romantiche?»

«Non posso più vivere senza di lui.»

«Benvenuta nel club.»

«Forse ho fatto male a cedere, dovevo aspettare, farmi desiderare.»

«Non c'è un modo giusto o sbagliato di comportarsi, hai fatto quello che sentivi.»

«Per ben tre volte.»

«Non hai mezze misure, Aghi.»

«Non so che cosa fare.»

«Non c'è niente da fare, purtroppo non è stato rapito, non ha avuto un incidente, non è morto. Semplicemente non ha voglia di sentirti.» Le sue parole furono una pugnalata al cuore. Due lacrimoni mi spuntarono dagli occhi. Grazia mi abbracciò forte: «Sarà una notte lunga, chiamo Luca e Guglielmo».

I miei amici furono salvati dalla telefonata di Calcaterra, che arrivò contro ogni pronostico.

Era sotto casa mia. Cacciai Grazia e lo feci salire.

31

«Mi stavo preoccupando» gli dissi mentre lo facevo entrare.

E non appena me lo trovai di fronte, in piedi davanti alla porta, mi fu tutto chiaro.

Aveva ragione lui, ero sempre scappata: dalla verità su mio padre, dall'amore, dalla vita. Compresi finalmente quello che aveva cercato di dirmi in tutti quegli anni il mio psicologo riguardo alla paura, la paura di quello che viene dopo se si decide di rischiare. Perché si può stare davvero molto male ed è la paura di stare male che ci trattiene e ci fa restare immobili.

Compresi che essere innamorati è una cosa pericolosa e che l'amore è il rischio più grande che possiamo correre. Eppure mai come in quel momento sentivo di avere le idee chiare: Fabrizio era l'uomo della mia vita e Bernardo mio padre. Non c'era altro da sapere. Ora però andava comunicato anche a loro.

Poggiò la borsa che aveva con sé sul tavolo e si sedette.

«Come è andata?» Che razza di domanda era? «Scusa, volevo dire...»

«Lascia stare» mi prese una mano e me la baciò. «Perché non ti siedi?»

Lo feci, il suo tono non prometteva nulla di buono.

Restammo in silenzio per un po', tanto che alla fine mi sentii in dovere di rompere il ghiaccio: «Vuoi qualcosa da bere?».

Mi fece cenno di no con la testa: «Devo solo trovare le parole giuste» mormorò.

Mi preoccupai tantissimo, sentii qualcosa che si spezzava dentro di me.

«Dopo il funerale di Rachele» cominciò «sono tornato a casa. Non è stata una giornata facile, ma pensare a te mi ha fatto stare bene. Non avrei mai creduto che una come te potesse andare bene per uno come me, eppure da quando ti ho conosciuta non ho fatto altro che ripetermi che forse potevo darmi un'altra possibilità e che per farlo dovevo tagliare tutti i ponti con il passato.»

«Era esattamente quello che cercavo di dirti questa mattina.»

«Lasciami finire.»

Annuii, e per un attimo sperai di avere avuto una sensazione sbagliata.

«Ho preso le cose di mio padre che mamma aveva conservato con cura, le ho infilate qui dentro» disse indicando la borsa «e sono uscito. Solo che, invece di buttarle, ho iniziato a camminare. E più camminavo, più mi convincevo di una cosa.» Fece una pausa e mi guardò dritto negli occhi. «Io non vado bene per te.»

Il colpo arrivò, forte, doloroso. Se di fronte a me ci fosse stato un medico a dirmi che avevo una malattia mortale lo avrei incassato meglio.

«Che dici?» riuscii solo a chiedere con un filo di voce.

«Sono stato uno stupido a credere di poter cancellare quello che sono stato.»

«Che importanza ha quello che eri? Conta quello che sei ora.»

«Non è così semplice.»

«Sì che lo è, ma tu hai già deciso...»

«Come faccio anche solo a credere di riuscire a costruire un futuro con qualcuno?»

Battei la mano sul tavolo e Calcaterra sgranò gli occhi. «Però lo hai pensato! Ci hai creduto!»

«Per un attimo sì.»

«E non potresti combattere per quell'attimo?»

«Non posso.»

«Non puoi o non vuoi?» Afferrai la borsa che era ancora sul tavolo: «Perché non riesci a liberarti di tutto questo? Io l'ho fatto, sono cambiata. Non ho neanche ritirato le analisi dell'ecodoppler».

«Hai fatto l'ecodoppler?»

«Certo! Mi sono drogata!» ridemmo e la tensione si sciolse. «Scusa, non volevo essere così dura.»

Fabrizio mi prese le mani: «Guardami, Agata». Lo feci anche se non volevo, non volevo vedere quegli occhi per l'ultima volta.

«Devo andare avanti da solo.»

Perché? Non sono abbastanza per te? Gli avrei voluto chiedere, ma non lo feci.

«E io come dovrei fare adesso?»

«Tu sei sbocciata, Trambusti. Ubriacati, prendi delle pessime decisioni e vivi. Ecco che cosa devi fare.»

«Ma tutto questo devo continuare a farlo senza di te?»

Sorrisi, e lui mi guardò nel modo più dolce e più triste che avessi mai visto.

«Invidio l'uomo che potrà godersi la nuova Trambusti.»

Potresti essere tu, pensai, ma non lo dissi.

Si alzò e si diresse verso la porta, non si voltò nemmeno per salutarmi un'ultima volta prima di uscire. Quando scomparve, mi sentii persa. Così questo era l'amore? Bell'affare che avevo fatto, un momento sei al settimo cielo, un attimo dopo sprofondi all'inferno. Ero talmente avvilita che non avevo neanche la forza di piangere. Io che avevo sempre trovato ridicole le commedie romantiche dai finali scontati, che non credevo all'esistenza del principe azzurro se non quando indossava i panni di un attore di telenovelas, mi ritrovavo a sperare che quella porta si riaprisse. Ma sapevo che non sarebbe successo. Perché in fondo ero una donna pratica, lo ero sempre stata. Fabrizio Calcaterra era uscito dalla mia vita, dopo esserci entrato come una valanga, uno tsunami, insomma come una catastrofe naturale. E ora che cosa ne sarebbe stato di me?

Mi toccai la collana che avevo al collo: agata verde, il chakra del cuore. Con me, non aveva funzionato.

Mi sedetti al tavolo e mi accorsi che Fabrizio aveva lasciato la borsa con gli oggetti di suo padre. Cosa dovevo fare? Avvisarlo? Non sarebbe sembrata una scusa per rivederlo? Meglio di no.

Li avrei conservati per quando avesse avuto voglia di venirseli a riprendere. E magari quel giorno mi avrebbe trovato felicemente sposata. Scoppiai in lacrime, non sarebbe mai successo, sarei invecchiata sola, in attesa di vederlo comparire alla mia porta per chiedermi indietro le sue cose.

Singhiozzante aprii la borsa e ci frugai dentro, non so nemmeno per quale ragione. Subito smisi di piangere e il cuore prese a battermi all'impazzata, non potevo credere a quello che tenevo tra le mani. Erano studi fatti a matita. Cercai di nuovo nella borsa, ne trovai altri, nove per l'esattezza. Raffiguravano una coppia di pastori, un neonato e un gregge di pecore mentre attraversano un lago a bordo di una piccola imbarcazione. Dall'altra parte della riva, un campanile e un piccolo villaggio.

Mi abbandonai sulla sedia senza smettere di fissarli, erano studi per l'*Ave Maria a trasbordo*! Ma perché erano nelle mani del padre di Calcaterra? Che collegamento c'era tra questi disegni, suo padre, il *secrétaire* di Papadopoulos e il quadro che avevo trovato nella sua villa?

E Bodinski? Che ruolo aveva in questa vicenda?

Ripresi a singhiozzare ancora più forte, non mi sarei liberata mai più di quella storia, non mi sarei liberata mai più di Fabrizio.

32

Avevo trascorso una domenica sera infernale e, con una nottata insonne alle spalle e un groppo alla gola di cui non riuscivo a liberarmi, il lunedì in ufficio non era andato meglio. L'unica cosa positiva era stata alleggerirmi degli studi dell'*Ave Maria* e consegnarli a Schwarz perché provasse a capirci qualcosa.

Per fortuna era arrivato martedì, giorno della seduta dal mio psicologo.

Ma se le emozioni che mi avevano travolto fino a quel momento mi apparivano incontenibili, non avevo ancora fatto i conti con quello che stava per succedere in ufficio.

Erano le dieci del mattino ed ero appena entrata nella stanza quando mi accorsi che qualcosa non andava. La situazione era fuori controllo, regnava il caos totale. La stagista parlava su due linee telefoniche contemporaneamente, Martina non aveva neanche alzato gli occhi dal monitor quando ero arrivata e Schwarz era al cellulare con qualcuno della Mercy's di New York, incurante del fuso orario.

Io ero rimasta in piedi sulla soglia, incapace di entrare in azione. Claudette fece irruzione e mi travolse spingendomi dentro la stanza: «Scusami» disse. «Però eri lì, impalata! Volevo avere notizie da New York, cosa dice Lily?»

Lily era la vecchia stagista di Schwarz, rimasta con noi un paio di anni e poi, grazie alle sue numerose qualità, non certo di esperta d'arte, era volata negli Stati Uniti pronta a occupare un posto prestigioso alla Mercy's di New York.

«Lily?» domandai confusa.

«Quindi non sai niente?»

«Sono arrivata ora.»

«La Tatti non ti ha informata?»

«La Tatti non l'ho neanche incrociata.»

«La solita non vedente.»

«Tatiana ci vede benissimo.»

«Certo che ci vede, sei matta?»

Chissà che cosa aveva voluto dire: "nullafacente", "incompetente"?

«Puoi farmi un breve riassunto?»

Claudette mi disse della scoperta di Schwarz. Dopo che gli avevo lasciato gli studi per l'*Ave Maria*, si era dato un gran da fare ed era arrivato alla conclusione che appartenessero a Dimitri Bodinski.

Mi si fermò il cuore.

«Quel Dimitri Bodinski?» le domandai.

«Esattamente, capisci cosa vuol dire?»

Annuii raggelata. «Vuol dire che Bodinski è un falsario di Segantini...»

Claudette mi restituì uno sguardo attonito: «Cioè?».

La mia testa lavorava vorticosamente.

«Agata» proseguì. «Vuoi per cortesia spiegarmi che cosa stai dicendo? Credevo avessimo trovato un Segantini.»

Non risposi.

«Agata!» ripeté agitando le mani davanti alla mia faccia per scuotermi dal torpore.

La guardai: «Se quei bozzetti sono falsi, chissà quanti Segantini abbiamo battuto all'asta che in realtà non sono affatto di Segantini».

«Oh mio dio! Sei sicura? Tatti, Tattiiiii» gridò, e scomparve nel corridoio.

Guardai Martina, che sembrò accorgersi della mia presenza solo in quel momento.

«Che gran casino, Agata» disse solo.

«La chiave è quel maledetto turco!» gridò Schwarz, riattaccando con rabbia il telefono.

«Che turco?» gli domandò Martina.

«Papadopoulos.»

«È greco» rispondemmo io e la mia amica in coro.

«Fa lo stesso, Lily mi ha confermato che Papadopoulos è loro cliente da anni. Ha messo all'asta svariati quadri di Bodinski e almeno un paio di Segantini. Devo andare a New York subito.»

Se fosse saltato fuori che quei Segantini erano davvero dei falsi, la credibilità della Mercy's sarebbe crollata.

«E Lily lo ha mai incontrato?» chiesi speranzosa.

«Chi?»

«Bodinski!»

«Pare di no. Era sempre Papadopoulos a trattare per lui.»

Strano, stranissimo. Era una scoperta incredibile e un ulteriore collegamento con Fabrizio e suo padre, il vero possessore di questo patrimonio artistico.

Avevo sempre pensato che il mio lavoro fosse simile a quello di un detective, solo che, anziché indagare su cadaveri, dovevo occuparmi di quadri. Un'opera d'arte ha una vita spesso misteriosa, dal giorno in cui nasce fino a quello in cui finisce sopra il caminetto di qualcuno compie un viaggio. Scoprire l'itinerario di quel viaggio è come cercare di ricostruire il vissuto di una vittima. Chi l'aveva posseduta? Chi l'aveva commissionata e perché? Ricostruire il percorso delle opere di Bodinski comportava due cose: svelare al mondo l'esistenza dei falsi Segantini e mostrare come quei falsi fossero stati realizzati da un grande artista. Due scoperte sensazionali.

Eppure l'unica cosa a cui riuscivo a pensare era che avrei potuto scoprire qualcosa sul padre di Fabrizio.

E mentre Schwarz era al telefono con l'agenzia di viaggio, io e Martina riprendemmo in mano tutte le carte e le fotocopie che mi ero procurata in biblioteca quando avevo fatto le ricerche su Bodinski. La mia amica si ricordò del dipinto di *Paolo e Francesca*, battuto all'asta per tremila dollari nel 1980 e cominciò a stampare quello che trovava on line.

Lavorammo tutto il giorno. Solo all'ora di pranzo mi concessi una pausa per la mia consueta seduta con lo psicologo, mai come in quel momento ne avevo avuto così bisogno.

«Ho sbagliato tutto» gli dissi appena seduta. Dopo un breve accenno a quanto accaduto alla Mercy's avevo subito affrontato l'unico argomento che davvero mi premeva.

«La forza di una persona è il risultato di tutti gli sbagli che ha superato.»

«Io non sto superando niente.»

«Si dia del tempo.»

«Tempo per cosa? Per sbagliare ancora? Basta, non ce la faccio più.»

«Guardi che sbagliare fa bene. Si sbaglia sempre, per rabbia, per amore. Si sbaglia per imparare e per poter ammettere di aver sbagliato, per crescere e per maturare. Si sbaglia perché non si è perfetti, si è umani. Per cui sbagli, sbagli ancora.»

Era impazzito.

«Ci si sente sempre a disagio quando si viene sbalzati fuori dal proprio angolino rassicurante, abbiamo paura di vedere ciò di cui siamo realmente capaci e lei, più che sbalzata fuori, è stata lanciata da una catapulta...»

«Mi sento così spaesata, così sola. Ora so che tra dieci anni non voglio guardarmi indietro e pentirmi di non avere avuto abbastanza coraggio per affrontare quello che verrà. Ma che cosa verrà?»

«Questo non lo sa nessuno.»

«Allora che cosa posso fare?»

«Lei che cosa avrebbe voglia di fare?»

«Temo di avere impiegato molte energie a cercare qualcosa che, come ha detto Calcaterra, avevo sotto gli occhi. E ora ho paura di commettere lo stesso errore.»

«Dobbiamo procedere su due binari, Bernardo il nodo paterno, e Fabrizio il nodo sentimentale.»

«Sul nodo sentimentale c'è ben poco da fare, sono stata respinta ed è dura da digerire.»

«Lei crede?»

«Se sono davvero sbocciata l'ho fatto per Fabrizio e ora non ho voglia di passare la mia vita da sbocciata senza di lui.»

«Lei è sbocciata per se stessa.»

«Ecco, vede? Continuo a sbagliare. E il nodo paterno?»

«Chiami Bernardo, gli chieda una volta per tutte perché è stato così a lungo al vostro fianco.»

«Ma il motivo già lo conosco.»

«Altro errore, lei è convinta di sapere quando in realtà non sa nulla. Si liberi di queste false certezze e cominci a porsi le domande giuste.»

Da qualche parte dovevo pur ricominciare, avevo bisogno di stabilire dei punti fermi perché altrimenti rischiavo di impazzire di dolore. Mentre tornavo in ufficio decisi di fare quello da cui ero scappata negli ultimi giorni, presi il telefono e composi il numero di Bernardo. Era a Parigi con Rosa, avrei potuto aspettare, ma non lo avevo già fatto per troppo tempo?

«Agata» disse solamente, avevo un groppo alla gola e rimasi in silenzio per non so quanto tempo, poi finalmente parlai. Ero un fiume in piena. «Ho parlato con Rosa, ho cinque padri! Ti rendi conto? Credevo che mio padre, chiunque fosse, non mi volesse, invece non sa neanche che esisto. Allora ho pensato che avrei potuto scoprire qual è dei cinque, ma poi mi sono detta, è davvero così importante?»

«Lo è?» me lo aveva domandato con una voce sottile, incerta.

«No che non lo è.»

Scoppiai a piangere, era un pianto liberatorio, un pianto di felicità.

«Bernardo» proseguii. «Sei innamorato di mamma? Ho sempre pensato che lo fossi e non capivo come potessi continuare a starle vicino. L'amore è spaventoso.»

Scoppiò a ridere: «Per certi versi lo è, ma quello che lega me e Rosa è l'amore nei tuoi confronti».

«Non sei innamorato di Rosa?»

«No.»

Singhiozzavo ancora più forte. «Ha ragione il mio psicologo, ho sbagliato tutto e ora ho tanta paura. Mi sento come se mi mancasse la terra sotto i piedi, preferirei essere malata. Insomma, una malattia si può curare, questa cosa che sento nel petto invece è terribile.»

«Quella cosa che hai nel petto è la vita, perché non vieni a Calcata questo fine settimana? Potremmo dipingere, fare il saluto al sole, consultare le pietre di tua madre.»

Accettai, avevo proprio bisogno di riconciliarmi con la mia infanzia, con il passato da cui ero fuggita troppo a lungo e tornai in ufficio rinfrancata. Proprio mentre stavo scorrendo sul monitor i quadri di Segantini battuti all'asta alla Mercy's di New York capii tutto: «Come ho fatto a non pensarci subito?!» gridai.

Cominciai a camminare avanti e indietro per la stanza, facendomi aria con un depliant.

«È la malattia?» chiese Martina.

«Ma quale malattia? Ascoltami» la guardai negli occhi. «Perché secondo te il padre di Fabrizio aveva questi disegni?»

«Non ne ho idea.»

«Perché forse era l'unico a conoscere la vera identità di Bodinski. Forse c'era un legame tra loro e forse a causa di questo legame è stato costretto a lasciare l'Italia. Calcaterra mi ha detto che Papadopoulos, suo padre e Gaetano stavano gestendo un grosso affare, e se questo affare avesse avuto a che fare con Bodinski?»

«Ti seguo, vai avanti.»

«Il padre di Fabrizio scompare insieme a Papadopoulos, con molta probabilità emigrano negli Stati Uniti. Lì cominciano a fare affari grazie all'abilità di Bodinski.»

«Certo, ma come ti spieghi il fatto che nessuno lo abbia mai visto? Non è facile mantenere l'anonimato così a lungo!»

«Non ne ho idea ma deve esserci per forza un filo che unisce tutte queste informazioni» rimuginai. Poi capii: «La chiave è Gaetano!».

«Gaetano? Che cosa c'entra ora Gaetano?»

«Tutto ha avuto inizio in quel maledetto quartiere. Gaetano, Papadopoulos, il padre di Fabrizio e forse Bodinski sono nati lì. Non erano in tre a fare affari, ma in quattro.»

«Va bene, ma questo a cosa ci porta?»

«Al Pagnotta!»

Era l'unica persona che poteva darmi delle risposte.

«Tu sei pazza!» gridò Martina. «Ti impedisco di tornare a Torpignattara.»

«Devo trovare delle risposte.»

Mi guardò con tenerezza: «Agata, tu sai che quello che stai facendo non farà tornare da te Fabrizio?».

«No, ma mi aiuterà a chiudere un cerchio, ultimamente non faccio altro. E poi non vuoi scoprire la verità?»

«Voglio che tu non soffra. La speranza è peggiore di qualsiasi altra cosa. Tra voi è successa una cosa bellissima, mi sono persino commossa. Però è finita.»

«Non me lo dire.»

«Invece te lo dico, e se devi andare fino a lì per capirlo, vengo con te» fece una pausa. «Almeno moriremo insieme.»

33

Erano le dieci del mattino ed eravamo a Torpignattara.

La sera prima avevamo finito di lavorare tardissimo e avevamo rimandato la missione al giorno successivo. Schwarz era partito per New York sulle tracce di Papadopoulos, promettendoci notizie in tempo reale. A me non restava altro che indagare su Gaetano e scoprire che cosa fosse successo quarant'anni prima.

Cercavo di orientarmi ma non era facile, la prima e ultima volta che ero stata lì non ero molto lucida.

«Sai dove stiamo andando?» mi chiese Martina.

«Vagamente. Quando siamo scappati dalla tabaccheria ci siamo diretti verso la casa del Pagnotta.»

«Sei sicura che quelli che stiamo cercando siano delle brave persone? Non hanno nomi rassicuranti.»

«Il Teschio? È un bravissimo ragazzo, anche simpatico, la sorella fa la prostituta.»

«Non capisco perché non li frequentiamo di più.»

Mi fermai.

«Che c'è?»

«Mi sono persa.»

Ricordavo bene la tabaccheria di Gaetano, ma non potevo dire altrettanto della direzione che avevamo preso una volta usciti da lì, anche se la piazzetta in cui ci trovavamo somigliava molto a quella in cui avevamo incontrato i ragazzi.

«Ottimo» disse Martina. «Direi che è meglio tornare alla macchina. Dei tuoi amici teschi, tutte bravissime persone, non si vede l'ombra.»

«Non c'è solo lui, ci sono anche il Poeta, lo Scaldabagno, il Minchietta.» Martina alzò gli occhi al cielo.

Poco lontano vidi una signora anziana che camminava con delle buste della spesa. «Chiediamo a lei» e partii nella sua direzione. Martina mi seguì protestando: «E cosa le chiediamo? Scusi, sa dove possiamo trovare il Pagnotta?».

Quando la vidi da vicino mi sembrò che avesse qualcosa di familiare. Dove potevo averla vista?

Tossii imbarazzata davanti al suo sguardo penetrante: «Le sembrerà una domanda sciocca» dissi, «sto cercando...». Non sapevo come proseguire, chiedere del Pagnotta non mi sembrava più una grande idea e lei non smetteva di studiarmi con attenzione, aumentando una sensazione di disagio che avevo sentito da subito. Potevo fare il nome di Fabrizio, ma avevo paura, e se fosse stata la mamma di Gaetano? La zia? La moglie? No, la moglie no, era troppo alta per lui.

Martina si spazientì e si intromise: «La mia amica è un po' timida, lei per caso conosce un certo signor Pagnotta? Che poi non sarà certo questo il suo vero nome, ma si fa chiamare così. Oppure Fabrizio Calcaterra?». Solo sentire pronunciare il suo nome mi fece star male.

La signora la guardò un momento poi disse: «Silvano!».

«No, non Silvano» proseguì Martina, scandendo bene le parole pensando fosse sorda. «Pa-gnot-ta.»

«Sì, Silvano! È mio figlio.»

Ecco dove l'avevo già vista! Seduta accanto a un pezzo di gabinetto che faceva la maglia. E quando guardai il palazzo davanti al quale ci eravamo fermate lo riconobbi subito. Non avrei mai dimenticato le dodici rampe di scale che avevo fatto in quell'edificio, né la giornata che avevo trascorso in compagnia di un ladro e dei suoi amici.

«Certo!» gridai. «Si ricorda di me?» le chiesi. «Sono stata qui tempo fa...»

«So chi sei e immagino perché sei qui.» La sua voce era calma, rassicurante. Avevo trovato la persona che cercavo. «Venite» continuò. «Aiutatemi a portare le buste in casa.»

Quello che successe dopo, Martina e io ce lo saremmo ricordato a lungo.

34

Rocco ci sbarrò la strada, l'uomo con il neo era davanti a noi e non aveva alcuna intenzione di farci passare. Per lo spavento una delle buste della spesa mi scivolò dalle mani e il contenuto si sparse a terra, nell'impatto si ruppero tutte le uova. Mi chinai subito, sperando di diventare invisibile, e cominciai a ricacciare tutta la roba nella busta. Martina fece altrettanto.

«Chi è questo?» mi bisbigliò all'orecchio.

«Uno dei cattivi.»

«Perfetto.»

Mentre eravamo impegnate nella nostra conversazione a bassa voce, la madre del Pagnotta non sembrava affatto spaventata. Io lo ero molto, mi ricordai di Barcellona, dell'ospedale, del rapimento, mi ricordai di Calcaterra e dovetti sforzarmi di non piangere.

«Che cosa vuoi?» gli chiese la signora senza nessun tipo di esitazione.

«Gaetano vi vuole vedere.»

«Se Gaetano vuole parlare con me o con una delle mie ospiti, deve venire qui.»

Ospiti? Si riferiva a noi?

Eravamo rimaste accucciate, come se in quella posizione fossimo al sicuro, solo che le cose da infilare nella busta erano terminate e fummo costrette a tornare in piedi. In quel momento notammo le persone affacciate alle finestre. Anche Rocco se ne accorse e fece un passo indietro.

«Come vedi» proseguì lei «sei in minoranza. Di' a Gaetano che lo aspetto per il caffè.»

Mi sistemai la giacca e guardai Rocco con un'aria di sfida, le posizioni si erano rovesciate, volevo fargli sentire tutta la mia soddisfazione nel constatare che era in minoranza.

«Non saliamo» disse Martina, afferrandomi un braccio.

«È la madre del Pagnotta!»

«E quindi?»

«Siamo al sicuro.»

Scosse la testa e mi seguì rassegnata.

Entrammo nel palazzo lasciando una scia di chiare d'uovo lungo il cammino.

«Si sono rotte» dissi mortificata quando vidi che la signora se ne era accorta.

«Non importa.»

Facemmo sei rampe di scale a piedi fermandoci molto prima rispetto all'ultima volta che ero stata lì, per fortuna. L'appartamento era modesto, c'era un salottino con un tavolo di legno, un paio di sedie, un divano vecchio e logoro e un angolo cottura con due piastre elettriche al posto dei fornelli. Una porta doveva condurre in camera da letto o in bagno, sperai.

«Accomodatevi. Io sono Angela.»

«Molto piacere» disse Martina. «Ma non vorremmo disturbarla oltre.»

«Non siete qui per avere delle risposte?» la interruppe Angela.

«Sì» mi intromisi.

«Tra poco le avrete, sta arrivando Gaetano. E anche mio figlio.»

Ci tranquillizzammo, più io che Martina, ma ormai non potevamo tornare indietro.

Mentre andavo verso il divano, notai tre cornici poggiate sulla mensola del salotto. Mi avvicinai per osservarle meglio. In una c'era la fotografia di un bambino obeso, inequivocabilmente il Pagnotta, con in mano una specie di baguette con la mortadella, nell'altra un gruppo di ragazzi e infine la fotografia di una coppia di bambine.

«È Silvano da piccolo» disse Angela, prendendo la cornice con il bambino obeso, non l'avevo nemmeno sentita avvicinarsi. «Era bello, vero?»

«Bellissimo» risposi, e per dare maggiore enfasi alla frase chiusi gli occhi. Non avevo mai visto un bambino più brutto di quello.

«E questi ragazzi chi sono?»

«Silvano, Fabrizio e Giamba. Qui invece Chantal e Rachele.»

Chantal era la sorella del Teschio, quella che mi aveva prestato il suo abito da lavoro.

Vedere Fabrizio bambino mi fece accelerare i battiti. Presi la fotografia e li osservai da vicino, osservai Giamba. Aveva gli occhi buoni, al contrario di Fabrizio. Ero disposta a tutto per capire quello che era successo tra loro, scoprire che cosa li aveva separati e aveva lasciato Giamba inchiodato lì, mentre aveva trasformato Fabrizio nella persona che era. Avrei potuto chiedere ad Angela, ero certa lei sapesse tutto, ma sarei stata in grado di ascoltare la risposta?

«È venuto su un uomo difficile» disse, come se mi avesse letto nel pensiero. «Ha paura del suo passato, si vergogna. Ma tu lo sai bene.»

«Cosa gli è successo?» domandai finalmente.

Angela sospirò.

Martina intanto, da donna pratica qual era, stava sistemando la spesa.

«Signora» gridò. «I biscotti dove li metto? Prosciutto e frutta vanno qui nello scomparto in basso del frigo. Ma non trovo la dispensa, ah eccola. Come non detto.»

«Se le dà qualcosa da stirare la fa felice» dissi per stemperare la tristezza che aveva afferrato Angela.

Prima che potesse rispondere alla mia domanda entrò il Pagnotta, seguito dai due uomini. Il Pagnotta era così grosso che quasi occupava tutto il salottino.

«Bene» disse Angela. «Ora ci accomodiamo tutti e aspettiamo Gaetano.»

Rimanemmo seduti in silenzio per un po', finché Angela non disse: «Non siete in pericolo».

Io ripresi a respirare, Martina si sistemò meglio sulla sedia e fece un gesto con la mano, come a dire: «Certo, ci mancherebbe, nessuno lo aveva pensato», il Pagnotta e i suoi scagnozzi non si scomposero.

«Voglio bene a Fabrizio come a un figlio» proseguì. «L'ho praticamente cresciuto. Pietro Nobili si chiamava suo padre, era arrivato qui dal Nord come me. Era bello, Pietro, bellissimo. Quando conobbe Maria tutti pensammo che fossero la coppia più bella del quartiere. Poi Maria rimase incinta. Me la ricordo ancora, era seduta lì dove sei seduta tu ora. Mi disse: "Angela, Pietro mi sposa. Mette la testa a posto e mi sposa". Un paio di mesi dopo non c'era più.»

Aveva parlato senza prendere pause, rievocando un passato che sembrava essere ancora presente e seduto lì in mezzo a noi.

«Una persona però non può sparire così, senza lasciare traccia» dissi.

«È quello che ho pensato anche io.»

«E cosa ne è stato di Fabrizio?»

«È cresciuto arrabbiato, era incontenibile. Solo Giamba riusciva a farlo ragionare. E quando sono arrivati i servizi sociali le cose sono peggiorate. L'unico che pensava di trarne profitto era Gaetano.»

«Per questo mise le telecamere? Per incastrarli?»

Angela annuì. «Erano bravi quei due, furbi, e con loro al suo servizio sarebbe diventato più forte. Ma non aveva fatto i conti con Giamba, Giamba si sarebbe buttato nel fuoco per Fabrizio. In più si era messa di mezzo anche la nuova casa-famiglia a cui Fabrizio era stato affidato, c'era della brava gente che ci lavorava, ci tenevano a lui e lo proteggevano.»

Pensai al suo insegnante, Umberto, e anche un po' a Michael Scofield di *Prison Break*. Mi vergognai tantissimo, ma immaginai quanto doveva essere stato bello nei panni di Gighen.

Martina, che fino a quel momento aveva seguito la conversazione senza emettere un fiato, si lasciò sfuggire la domanda che io avevo in serbo da tempo e che non avevo ancora avuto il coraggio di fare: «Perché Giamba? Cioè lei ha detto che non aveva fatto i conti con Giamba».

Le diedi una gomitata allo sterno e lei soffocò un'imprecazione, ma rimase impassibile.

«Facile» proseguì Angela. «Giamba sapeva che lui e Fabrizio erano diversi, Fabrizio poteva farcela anche fuori dal quartiere, e fece di tutto per tenerlo al riparo dalle lunghe dita di Gaetano. Fece leva sul debole che Gaetano aveva per Maria, gli fece capire che, se si fosse preso suo figlio, Maria non glielo avrebbe mai perdonato. E Gaetano teneva a Maria, ci teneva moltissimo.»

Ecco la storia di Fabrizio, i suoi sensi di colpa. Lui era sopravvissuto, Giamba no, sua madre neppure. Compresi perché non me ne avesse voluto parlare e compresi anche che per noi non c'era futuro, almeno finché non si fosse liberato da questo fardello.

«Come sono morti?»

«Giamba come Rachele, overdose. Maria non lo so, di fatica forse, di dolore se si può morire di dolore. Era troppo giovane e gracile quando è rimasta incinta. Ha fatto comunque del suo meglio. Fabrizio non se l'è mai perdonato. È successo proprio mentre cercava di riabilitarsi. Si era allontanato da tutti, anche da lei. Doveva concentrarsi, studiare.»

Da grande esperta di telenovelas, sentivo di trovarmi di fronte a un vero e proprio *feuilleton*. Se fosse saltato fuori che Fabrizio alla fine non era figlio di Pietro Nobili, ma di Maria e un principe arabo di passaggio a Roma, non mi sarei stupita.

«Ecco Gaetano» disse, interrompendo i miei pensieri. «Aprite la porta.»

Non avevo sentito suonare e istintivamente mi alzai dalla sedia. Poi, quando lo vidi entrare seguito dal valido Rocco, decisi che era meglio restare seduta, tenendo conto della sua altezza.

«Angela» disse, «come vedi, te m'hai invitato e io so' venuto.»

«Siamo alla resa dei conti, Gaetano. Come dico sempre a Fabrizio, se scappi prima o poi il passato ti raggiunge.»

«Scappare? Non so' mai andato da nessuna parte. Casomai è qualcun altro che se diverte a scavalca' le finestre...» e guardò nella mia direzione. Tossii imbarazzata e mi sistemai meglio sulla sedia.

«Io ho sempre protetto er mio quartiere» continuò lui.

«Sì, sappiamo bene come.»

Gaetano alzò le spalle in segno di resa e proseguì rivolto a me. «Allora, mia giovane amica. Notizie di Papadopoulos?»

Annuii.

«Bene. Ti ascolto.»

Gli raccontai tutto quello che avevo scoperto, se volevo ottenere informazioni sapevo che era meglio dare qualcosa in cambio.

«Ora tocca a lei» conclusi. «Manca l'anello mancante, chi è questo Bodinski?»

«Dimitri Bodinski» sussurrò Gaetano, e questa volta fu lui a doversi sedere, scomparendo dalla vista di tutti, tanto che ci ritrovammo ad allungare il collo per vedere che fine aveva fatto.

«Che gran fijo de 'na mignotta» disse.

Annuimmo all'unisono, anche se nessuno aveva ben chiaro a chi si riferisse.

35

«Hai dormito con l'ematite?»

«Sì, ma non ne sento ancora i benefici.»

Ero a Calcata, come promesso a Bernardo avevo trascorso il fine settimana da loro. Travolta da sentimenti contrastanti, Rosa mi aveva dato la pietra di ematite prima di andare a dormire. «Devi indossarla sulla pelle, come sempre. Stimola la volontà» mi aveva detto. «Il coraggio di ricominciare da capo, di ripartire da zero. Una volta individuati i proprio bisogni, è necessario prendersene cura e combattere per soddisfarli.»

«Ma come faccio? Per soddisfarli dovrei avere accanto Fabrizio.»

Pensai alla notte che avevamo passato insieme e arrossii. Mia madre se ne accorse e subito cercai di giustificarmi: «Non mi riferisco a quello».

«E se anche fosse?»

«Rosa!»

«Devi combattere le tue battaglie, lui ha ancora tanti nodi da sciogliere, troppi per una persona sola.»

«Soffro così tanto.»

«Passerà.»

Fabrizio mi mancava, mi mancava la sua spensieratezza, il suo modo di farmi vedere il mondo da un punto di vista diverso e mi faceva rabbia il fatto che non se ne rendesse conto. Allo stesso tempo ero felice di essere a Calcata con la mia famiglia e, come se non bastasse, ero eccitata per tutto quello che avevo scoperto.

Gaetano aveva vuotato il sacco lasciando me e Martina piene di domande, alcune di queste non avevano ancora trovato una risposta.

Quando si era seduto, costringendo tutti ad allungare il collo per guardarlo, aveva cominciato a parlare. Con quel «gran fijo de 'na mignotta» Gaetano si riferiva al padre di Calcaterra: «Dimitri Bodinski» aveva detto «è sempre stato er nome utilizzato da Pietro quando dipingeva, mai capito perché je piacesse così tanto».

Ero rimasta con la bocca spalancata, Martina mi aveva preso la mano e me l'aveva stretta forte. «Non credo di avere capito, lei mi sta dicendo che Dimitri Bodinski e il padre di Fabrizio sono la stessa persona?»

«Sì, ed era pure bravo, lo stronzo, molto bravo.»

Non ero riuscita a domandare altro, stavo cercando di elaborare l'informazione.

Ecco perché nessuno aveva mai incontrato Bodinski. Bodinski non era mai esistito, ma Pietro sì, ed era scomparso nel nulla.

«E che cosa faceva?» aveva chiesto Martina venendomi in aiuto.

«Disegni, schizzi, quello manco se rendeva conto de quanto era bravo. Andava ai mercatini dell'antiquariato, tra gli straccioni. È tutto merito mio se è diventato quello che è diventato. Se nun è ancora morto, lo ammazzo con le mie mani.»

Deglutii, Martina invece era inarrestabile: «Va bene, va bene. Ci penserà quando arriverà il momento. Continui a raccontare». Ero sempre rimasta affascinata dalla sua praticità.

«C'è poco da di'. Sapevo che c'era un gallerista che faceva un sacco de' sordi co' 'sti quadretti. Stava in via Merulana, c'aveva degli affari co' 'a banda d'a Magliana. Venneva robba famosa che però non era famosa, era finta. Ho convinto Papadopoulos a parlargli.

Quello era bravo co' 'e parole. Er gallerista è annato a vede' de che se trattava e ha capito che Pietro era mejo de Michelangelo e ce semo messi in affari. Grossi affari.»

«Quindi, se posso fare un riassunto per vedere se abbiamo capito bene» proseguì Martina, «Pietro falsificava opere d'arte e Papadopoulos le piazzava al gallerista che le metteva in vendita spacciandole per originali, giusto?»

«Giusto.»

«E lei?»

Gaetano si era alzato minaccioso e aveva lasciato l'appartamento senza neanche risponderle. A quel punto il suo ruolo era chiaro, prendeva una percentuale sulle vendite, ecco perché la loro scomparsa gli aveva dato parecchio fastidio.

Tornate in ufficio, avevamo subito chiamato Schwarz a New York: «Ora tutto torna, qui è venuto fuori che i Segantini sono realmente falsi, la credibilità della Mercy's scricchiola e da dentro stanno cercando di contenere i danni. Papadopoulos è di nuovo irrintracciabile. Hanno spiccato un mandato d'arresto».

Un fiume di immagini mi travolse, avevo ripensato al padre di Fabrizio, così bravo nel falsificare i Segantini da essere diventato lui stesso un artista a tutto tondo; a Papadopoulos, da cui tutto era cominciato; a Fabrizio, il mio Juan che si era dileguato nel nulla.

Che cosa avrei dovuto fare con lui? Avvisarlo? Raccontargli tutto quello che stava succedendo? Si trattava pur sempre di suo padre. Ma se Pietro Nobili voleva mettere la testa a posto, come aveva detto alla madre di Fabrizio, perché scappare all'estero e cercare di fare, tra mille difficoltà, quello che avrebbe potuto benissimo continuare a fare in Italia, accanto a una compagna che amava e a un figlio che stava per nascere?

«Che buon odorino!» esclamò Luca appena varcò la porta di casa.

«Porri con zenzero e mandorle selvatiche» rispose mia madre dalla cucina. «Entrate, Agata si sta disperando in camera sua, si è anche messa il vestito che odiava da piccola.»

«Il sacco di iuta?» domandò Guglielmo.

«Esatto.»

«Allora sta davvero male.»

«E le entra ancora? Incredibile!» aggiunse Luca.

Feci la mia comparsa in soggiorno.

«Oh mio dio!» esclamò Luca. «Hai un nido di ragni in testa.»

«Sono i miei capelli. E Grazia dov'è?»

«Con Eugenio in barca.»

«In barca? Ma siamo quasi a Natale.»

«Qui, cara, non ai Tropici.»

Mi ero completamente dimenticata della sua vacanza, fissata già da tempo.

«Sono partiti ieri» aggiunse.

«Tanto finirà male, come tutte le storie» dissi.

«Noi stiamo insieme da più di quindici anni» disse Luca, e sorrise a Guglielmo.

«Esattamente quindici» lo corresse Guglielmo. «Non mi dire che hai dimenticato l'anniversario?»

Cominciarono a battibeccare e raggiunsi mia madre in cucina, lasciandoli soli. Sarebbe durato poco, facevano sempre così, litigavano e poi, per qualche strana ragione, tornavano più felici di prima.

Dieci minuti dopo, quando iniziammo a mangiare, era già tutto finito.

«Se fossi etero» domandai a un certo punto a Guglielmo, mentre gli altri sparecchiavano, «ti innamoreresti di me?»

«Ma io non sono etero.»

«Fingi di esserlo per un momento.»

«L'ho fatto fino alle medie ed è stato terribile, non puoi chiedermi di ricominciare.»

Alzai gli occhi al cielo.

«La mia risposta è sì, sei l'unica donna di cui potrei innamorarmi perché sei pazza e complicata, questo ti rende intrigante. E ora che sei diventata davvero una donna, a parte il sacco di iuta che indossi oggi, mi faresti perdere la testa. Se fossi etero, s'intende.»

«Ma allora perché Calcaterra si è dileguato?»

«Non potevi mica pensare che ti andasse bene la prima, poi te lo sei scelto pure difficile, uno spirito libero. Non ti ci vedo, abbiamo già fatto parecchi salti ultimamente.»

Sospirai e lasciai che la giornata finisse nel modo migliore.

Si stava facendo strada dentro di me un'idea assurda. Forse ero pazza, forse mi ero scoperta anche un po' masochista, non lo so. Fatto sta che più ci pensavo, più mi sembrava la cosa giusta da fare e mentre mi riportavano a casa nel pomeriggio, la decisione era presa.

36

L'unica persona che decisi di avvisare del mio folle gesto fu Angela. In caso di emergenza i suoi uomini mi avrebbero potuta salvare e quando parlo dei suoi uomini intendo il Teschio e il Pagnotta, a cui ormai mi ero affezionata.

Il fine settimana che si era appena concluso mi aveva dato una buona dose di coraggio, forse un pochino del merito andava alla ematite che dava anche sollievo in caso di emorroidi... non ne avevo bisogno, ma saperlo non guastava.

Avevo deciso di tornare dove tutto era iniziato, un po' perché ero certa mi fosse sfuggito qualcosa e un po' perché nella mia mente, ormai influenzata dalle tendenze esoteriche di mia madre, tutto doveva concludersi lì. Se non avessi trovato niente, sarei tornata a casa. Lo promisi ad Angela e anche a me stessa.

Parcheggiai nello stesso posto per la terza volta a distanza di settimane e ripercorsi il viale che mi aveva condotto tra le braccia di un uomo che aveva cambiato la mia vita per sempre. Solo che questa volta un'altra Agata calpestava quei sampietrini, se non altro una con un diverso paio di scarpe.

Il cuore mi batteva forte nel petto, non per la paura, quanto piuttosto per l'emozione.

Il mio psicologo avrebbe visto in quel viale il percorso della vita e forse, questa volta, non sarebbe andato troppo lontano dalla verità.

Arrivata davanti alla porta feci un profondo respiro.

Se Papadopoulos aveva deciso di tornare e di mettere in vendita i suoi quadri, un motivo doveva pur esserci. Forse Dimitri Bodinski alias Pietro Nobili non era più disponibile?

Schwarz ci aveva detto che il greco era pieno di debiti, come era possibile? Se il padre di Calcaterra era la sua principale fonte di reddito, l'unico motivo che poteva giustificare la sua bancarotta era che Pietro Nobili non volesse o non potesse più falsificare i quadri.

La porta era chiusa, non l'avevo previsto. Pensai a Fabrizio e a come si sarebbe comportato, ma io non ero lui e dovevo trovare un'altra soluzione. Feci il giro della villa cercando uno spiraglio da cui entrare, non potevo arrendermi, non potevo tornare a mani vuote.

Quando arrivai davanti alla finestra della veranda trattenni a stento un urlo. Papadopoulos era lì, chino su una valigia, intento a riempirla di fogli. Accanto a lui c'era un uomo che si guardava intorno, attento a percepire ogni minimo movimento. E assolse bene il suo compito perché mi notò immediatamente e io mi raggelai.

L'istinto di conservazione ci mise un paio di secondi di troppo per attivarsi perché non appena capii che dovevo scappare, lui era già di fronte a me che mi puntava una pistola contro.

Mi trascinarono dentro con la forza. Per quanto provassi a difendermi, quella pistola era pronta a sparare per cui i miei tentativi furono deboli e poco convincenti.

Maledissi Olsi che non mi aveva insegnato come difendermi da un'arma carica.

«Molte persone sanno che mi trovo qui» dissi.

«Probabile, ma quando arriveranno io sarò lontano e tu sarai morta.»

Provai a deglutire, ma non ci riuscii, avevo la bocca secca e respiravo a fatica. Era il cuore.

Forse avrei dovuto ritirare i risultati dell'ecodoppler, ma a che cosa sarebbero serviti ora? Papadopoulos era il cattivo, era sempre stato lui il cattivo, non Gaetano, non Pietro Nobili.

Mi fecero sedere su una poltrona, in attesa della condanna a morte. Mi guardavo intorno nella speranza di vedere entrare qualcuno. Valutavo la distanza tra me e la portafinestra, con uno scatto l'avrei potuta raggiungere ma, ripensando agli "scatti" in cui mi ero esibita a Barcellona, desistetti subito. Papadopoulos finì di riempire la valigia davanti ai miei occhi sconcertati.

«La polizia sa tutto» provai a insistere.

«La polizia di New York, forse. Dove sto andando non mi cerca nessuno.»

Perché parlava al singolare?

«Bodinski?» chiesi. «Che fine ha fatto? Dove si trova il padre di Fabrizio?»

Mi guardò con gli occhi sgranati. Sembrava pazzo e mi spaventai.

«Sei una ficcanaso» disse a un certo punto. «Andiamo.» Mi afferrò per un braccio e mi sollevò dalla poltrona.

«Dove mi state portando?» gridai, anche se non c'era nessuno che potesse sentirmi.

«Stai buona.»

«Mi sento male...» e scivolai a terra, simulando uno svenimento. Papadopoulos dovette chinarsi per sorreggermi, pesavo un bel po'. Approfittando della sua sorpresa puntai gambe e braccia contro di lui e lo spinsi lontano con tutta la forza che avevo, come mi aveva detto di fare Olsi: «Hai quattro armi, usale!». Solo che Olsi non pesava quanto Papadopoulos, che non si mosse di un centimetro. Il suo compare intanto mi aveva raggiunta e sollevata a forza dal pavimento.

«Adesso basta» gridò il greco. Poi, rivolto all'energumeno: «Hai le taniche?».

Quello annuì.

«Non vorrete dare fuoco alla casa?»

«Con te dentro.»

Mi sentii perduta, che brutta morte, brutta e dolorosa. Una Giovanna d'Arco, senza la fama eterna però. Scalciai, protestai e le lacrime cominciarono a scendermi sulle guance senza che me ne accorgessi.

Dovevo distrarlo, parlargli, bisognava creare empatia con gli psicopatici. Olivia Benson lo faceva sempre.

«Ma Bodinski dov'è? Perché non è qui?»

«Bodinski non esiste.»

Mi stavano trascinando giù dalle scale, verso la cantina che mi avrebbe inghiottita per sempre.

«Intendevo dire Pietro Nobili.» Non volevo mollare, volevo sapere la verità.

«È morto.»

Mi voltai verso di lui incredula: «Morto?».

«L'ho ammazzato con le mie mani» bisbigliò. «Quarant'anni fa.»

Era impossibile, non poteva essersela cavata per così tanto tempo.

Cercavo di raccogliere le idee, di pensare in fretta per riuscire a porre le domande giuste, ma non ne ebbi il tempo. Papadopoulos mi spinse con forza verso la porta della cantina.

«Avanti, entra lì dentro.»

Non mi mossi di un centimetro, avevo i piedi inchiodati a terra.

«Tu vai a caricare la macchina» disse, rivolto al suo uomo. «Qui ci penso io.»

Quello poggiò le due taniche a terra e salì le scale, scomparendo dalla nostra vista.

«Entra ti ho detto!»

«No.»

Non volevo morire, soprattutto non volevo portarmi nella tomba la terribile verità. Se fossi entrata, quello mi avrebbe chiusa dentro e per me sarebbe stata la fine. Dovevo prendere tempo, continuare a farlo parlare: «Non puoi averlo ucciso, che senso avrebbe avuto? Ti serviva». Ero fiera della mia domanda, lo sarebbe stata anche Olivia Benson, e avevo colto nel segno perché Papadopoulos mi guardò come se lo avessi schiaffeggiato, rimanendo in silenzio per qualche secondo. Io non sapevo cosa fare. Approfittarne e scappare? Impossibile. Al piano di sopra mi avrebbe fermata subito il suo scagnozzo. Lo vidi abbassare l'arma che fino a quel momento mi aveva puntato contro.

«Si era innamorato» disse con un filo di voce. Fissava un punto dietro di me, tanto che mi voltai per controllare non ci fosse qualcuno. Quando tornai a guardarlo, capii che stava rievocando il passato. «Voleva mettere la testa a posto.»

Smisi anche di respirare per paura di interrompere il flusso delle sue parole.

«Stavamo facendo un sacco di soldi» proseguì quasi in trance, come se i ricordi si fossero materializzati lì, proprio di fronte a lui. «Era bravo, Pietro, un dono naturale. Pensavo di avere trovato la soluzione a tutti i miei problemi, di essermi sistemato, e invece quel coglione voleva mandare tutto all'aria per farsi una vita normale.» Continuava a ricordare, ad alleggerirsi la coscienza, e lo lasciai fare: «Era di fronte a me, urlava, chiedeva pietà, mi diceva che stava per diventare padre. Padre, capisci?». Scoppiò a ridere e io sgranai gli occhi ma non dissi nulla. «Aveva perso la testa, voleva smettere. Gaetano non ce lo avrebbe mai permesso, ma lui era irremovibile. Allora l'ho afferrato per le spalle, ho cominciato a scuoterlo. Lui rimaneva impassibile, non ha cercato nemmeno di difendersi. Gli ho messo le mani intorno al collo e ho cominciato a stringere» istintivamente mi portai le mani al collo, mi mancava il respiro. «Finché non ha smesso di respirare.»

Ci fu un momento di silenzio. E quindi Pietro Nobili era morto così, strangolato dal suo socio in affari.

«Che fine ha fatto il corpo?» chiesi d'istinto. Papadopoulos a quel punto sembrò tornare alla realtà, sorrise: «La nostra zona era tutto un cantiere. L'ho lasciato affondare in un blocco di cemento fresco».

Mi sentii morire, Pietro era sempre stato lì a Torpignattara, sotto gli occhi di tutti. Non aveva mai abbandonato suo figlio, non aveva mai lasciato il quartiere. Tutti quegli anni a inseguire un fantasma. Le vite di Maria, Fabrizio, Giamba, erano state rovinate da un unico evento di cui il padre di Fabrizio non era il principale responsabile. Era la vittima.

«E i suoi dipinti?» balbettai.

«Li ho portati via con me. Se Gaetano mi avesse scoperto, mi avrebbe ammazzato.»

«Faccio sempre in tempo a farlo» disse una voce alle sue spalle. «Certe cose nun cadono mai in prescrizione.»

Non lo avevamo visto entrare, e come avremmo potuto? La sua testa sbucava a malapena dal primo gradino delle scale. Rocco era ben visibile e gli copriva le spalle.

Non avrei mai immaginato che l'arrivo di Gaetano potesse darmi sollievo. Chiusi gli occhi e ricominciai a respirare. Ero certa lo avesse mandato Angela, ma non sapevo ancora quanto fosse stata furba.

«Gaetano» balbettò Papadopoulos.

«Quarant'anni, t'ho aspettato per quarant'anni.»

Il greco provò a chiamare aiuto, puntò la pistola contro di loro e indietreggiò.

«Nun te po' senti' più» proseguì Gaetano, riferendosi al suo scagnozzo. «L'abbiamo messo a dormi'. Per sempre.»

A quel punto, capii di non essere la loro priorità e cominciai a strisciare lungo la parete di fondo, spalle al muro. Facevo un passo e poi mi fermavo, un altro passo e mi fermavo di nuovo, sperando di non dare nell'occhio.

«Sai che nun c'hai scampo. De sopra ce so' i miei uomini. Se anche me spari, per te è finita.»

«Lascia che ti spieghi...»

«Me racconterai tutto mentre prendi foco. C'avrai tempo.»

Io intanto ero riuscita a strisciare indisturbata quasi fino alle scale ed ero convinta di essermela cavata, finché Gaetano si voltò di scatto verso di me: «Tu» disse. Mi fermai di colpo, immobile, come un geco sulla parete. «Tornatene a casa» mi ordinò.

Annuii con enfasi e imboccai le scale di corsa senza voltarmi. Solo quando arrivai in cima, sentii in lontananza le sirene. Angela aveva spedito Gaetano alla villa e subito dopo aveva chiamato la polizia.

Questo si chiamava chiudere un cerchio. A confronto, ero una dilettante.

37

Era arrivato il giorno dell'asta e mancavano pochi giorni a Natale.

Tutti i dipinti erano stati messi nella sala espositiva e lasciati lì per i tre giorni precedenti. C'era stato un buon afflusso di gente ed erano stati venduti diversi cataloghi. Soprattutto i quadri di Xavier Sanchez avevano riscosso molto successo, le persone si erano soffermate parecchio a osservarli e avevano fatto molte domande al personale di sala. Ero contenta, il mio breve soggiorno a Barcellona era servito a qualcosa.

Roma era illuminata a festa ma io avevo la morte nel cuore, come Martina, anche se non per lo stesso motivo. Schwarz non ci aveva dato tregua e avevamo impiegato le ultime energie per spiegare a Claudette quello che stava succedendo, senza grandi risultati.

«Dove sono i Segantini?» aveva gridato rientrando di corsa dalla sala appena allestita. «Non ci sono, non li ho visti.»

«Erano dei falsi» la fulminò Martina.

«Eh?» Claudette sgranò gli occhi e rimase a guardarci per dieci minuti con l'espressione vacua che faceva tanto innervosire la mia amica. Poi si era dileguata, andando a tempestare di domande la Tatti.

Noi eravamo provate, avevamo trascorso giornate difficili. Da quando ero uscita da quella villa erano trascorse più di due settimane. Papadopoulos era stato arrestato e la maggior parte del merito, anche se mi seccava ammetterlo, andava attribuita a Schwarz. Anche Gaetano aveva fatto la stessa fine, accusato di omicidio e usura. Mentre salivo le scale della cantina ricordo che avevo pensato a quello che sarebbe successo. Stavo abbandonando la scena di un probabile omicidio perché era evidente che Gaetano volesse dare fuoco a Papadopoulos, ma che cosa avrei potuto fare? Poi avevo sentito le sirene ed era scoppiato l'inferno.

Passata l'emergenza, era intervenuto anche il Comando carabinieri per la tutela del patrimonio culturale, che aveva individuato più di cento falsi delle opere di Segantini, tra studi e dipinti. Le persone coinvolte erano tantissime perché Papadopoulos dava una percentuale ai curatori e agli esperti che firmavano le autenticazioni da accompagnare alle opere per attestarne l'originalità e variarne il loro numero di archiviazione. Ormai con la tecnologia e la catalogazione on line era possibile fare qualsiasi cosa.

Sarebbe stata un'indagine molto lunga, c'era da stabilire anche il reale valore delle opere di Bodinski, alcune ritrovate in mano a Papadopoulos. Il compito era stato affidato al nostro dipartimento. Il ponte di collegamento tra me e Fabrizio non voleva proprio crollare, toccava trovare qualcuno che ci piazzasse della dinamite. Non c'era traccia, invece, dell'*Ave Maria a trasbordo* che avevo visto nella villa, forse Papadopoulos era riuscito a venderla prima di essere preso. Che fine aveva fatto? Chi era il compratore? Molti di loro restavano anonimi, erano miliardari che acquistavano opere d'arte per tenerle nascoste nei bunker o sugli yacht al largo delle coste e ben lontani da qualsiasi frontiera o giurisdizione.

Durante tutto questo tempo, avevo avuto un solo pensiero: Fabrizio. Lo avevano informato di certo, e potevo solo immaginare che cosa stesse attraversando. Le opere di Bodinski gli appartenevano e, una volta che fosse stato definito il loro valore, avrebbe dovuto in qualche modo entrarne in possesso. A quel punto la sua vita sarebbe cambiata. Aveva bisogno di un buon avvocato, Luca sarebbe stato perfetto, gli avrebbe fatto ottenere non solo i Bodinski, ma anche tutti i Segantini, gli originali però, come risarcimento danni.

Quello di cui ancora non riuscivo a capacitarmi era Papadopoulos, un uomo accecato dai suoi bisogni, pronto a uccidere pur di mantenere un alto tenore di vita e ripagare i suoi debiti. Per quarant'anni aveva vissuto al di sopra delle sue possibilità grazie alla bravura di Pietro Nobili.

Chissà che cosa pensava di tutto questo Fabrizio.

Le indagini sarebbero andate avanti su binari paralleli. Bisognava sia rintracciare il corpo di Pietro, e quindi indagare su un omicidio vecchissimo, sia seguire le tracce dell'*Ave Maria* e di tutti gli altri falsi. Un'impresa titanica.

Ero stata interrogata più volte e sarei dovuta andare anche a testimoniare, quando ci sarebbe stato il processo. Era il minimo, dal momento che avevo rischiato di bruciare viva.

Avevo incrociato Angela una sola volta alla stazione dei carabinieri. Mi aveva guardata intensamente e poi aveva annuito. Era il suo modo di dirmi addio, di comunicarmi che un ciclo della vita si era concluso, almeno per lei. Non avrei mai dimenticato quello sguardo.

«Come si capisce quando è finita?» avevo chiesto al mio psicologo durante una seduta straordinaria. «Quando è ora di voltare pagina? Il passato è una cosa difficile da lasciare andare.»

«La trasformazione è dolorosa, cambiare è difficile e ci vuole tempo. Non importa quanto abbia appreso o quanto sia cresciuta, perché non avrà mai finito di imparare. È la cosa più difficile e più bella dell'essere vivi, lei questo ora lo sa. Quindi permetta a se stessa di lasciarsi andare ai sentimenti. Fanno parte di noi, dolore, gioia, paura, rabbia, felicità. Affronti ciò che sente. Si ricorda la barchetta in mezzo alla tempesta? Adesso che cosa farebbe?»

«Vorrei sopravvivere. Ma poi ne arriverebbe un'altra, e un'altra ancora...»

«Tutto ciò che ha un inizio ha anche una fine. Per quanto possiamo desiderare il contrario, in un mondo regolato dal tempo è così che funziona. Ma la fine di ogni cosa lascia il posto all'inizio del nuovo regalandoci la meravigliosa sensazione di avere una seconda possibilità.»

«Una seconda possibilità.»

«E poi una terza, una quarta...»

«E se io non la volessi? Voglio dire, stavo già benissimo con la prima.»

Mi aveva sorriso senza rispondermi.

Doveva pur mantenere un atteggiamento enigmatico, troppa chiarezza avrebbe potuto confondermi.

38

L'asta fu un successo.

I dipinti di Sanchez, come era prevedibile, erano stati venduti tutti e anche molto bene.

Grazia, che aveva partecipato con passione nonostante preferisse le aste di gioielli, si era aggiudicata per cinquemila euro una *Giuditta e Oloferne* di scuola caravaggesca dopo avere combattuto strenuamente con la moglie siliconata di un banchiere, nostra cliente abituale.

A mio parere un quadro dal valore discutibile e anche piuttosto cupo e inquietante.

«Eugenio ne sarà entusiasta.»

«Tu dici?»

«Ci voleva proprio un tocco di classicità nel salone del suo chalet.»

Deglutii pensando ai poveri ospiti della baita costretti a mangiare sotto lo sguardo deformato dal dolore di un Oloferne appena decapitato.

Anche Guglielmo ci aveva raggiunte. Luca si era dimenticato del loro anniversario, tanto era impegnato nella sua ultima causa.

«Quindici anni, capite? Quindici anni buttati al vento» si lamentò, una volta seduti nel locale dove andavamo di solito a festeggiare la chiusura delle aste.

«Non sono anni buttati. I miei piuttosto lo sono» risposi.

«Questo è vero, ma che c'entra? Stiamo parlando della mia vita, non della tua.»

«Sai come è fatto» intervenne Grazia conciliante. «Pensa a quello che ti regalerà per farsi perdonare.»

«Ah no, questa volta non cedo.» In quel momento gli squillò il cellulare. «Oddio, è Luca. Che faccio? Rispondo?»

«No!» rispondemmo in coro.

«Quanto siete cattive, povero amore mio» e si allontanò con il telefono in mano.

«Quando parti?» mi chiese Grazia, una volta rimaste sole.

«Domani pomeriggio.»

«Sei contenta?»

«Moltissimo, è un viaggio importante per me, per noi.»

Patti Smith avrebbe dato un concerto al Riviera Theatre di Chicago e Rosa mi aveva chiesto di accompagnarla. Io e lei, per una settimana. Più avanti ci avrebbe raggiunte Bernardo.

Stavo per partire per la prima vacanza della mia vita con la mia famiglia.

Avevo sprecato fin troppo tempo dietro all'ossessione per il controllo, una continua battaglia tra ciò che volevo essere e ciò che mi impediva di ottenerlo e, come diceva il mio psicologo, la battaglia era quasi sempre vinta dall'impedimento. Ora non c'era più tempo da perdere. Ero sbocciata, Fabrizio aveva avuto ragione. Avrei solo voluto che potesse vedere l'evoluzione della fioritura.

«E Fabrizio?» mi chiese Grazia.

«Devo voltare pagina.»

«Brava.»

«Più facile a dirsi che a farsi. Ma ho altra scelta?»

Una volta a casa, mi guardai intorno. Mi piacevano i cambiamenti che avevo fatto, a Ettore no. Era stata due giorni ritirata nel suo angolo a osservare con disprezzo Luca che dipingeva le ante degli armadi di arancione e le mensole di viola, dando un tocco di colore persino alle pareti. Disprezzo condiviso dallo stesso Luca, intendiamoci.

La valigia era pronta da giorni, davanti all'ingresso. Mi buttai sul divano e accesi il dvd. C'era ancora *Cuore selvaggio*, sorrisi pensando all'ultima volta che l'avevo visto, quante cose erano successe da allora, avevo incontrato più persone negli ultimi giorni che durante la mia intera vita.

Il cellulare squillò e interruppe la catena dei miei pensieri. Pensavo fosse Grazia che voleva restituirmi il *Giuditta e Oloferne*, giustamente. Risposi di getto senza staccare gli occhi dal televisore.

Quando sentii quella voce il cuore perse tutti i battiti in un colpo solo.

«Trambusti.»

Mi alzai di scatto dal divano ma non parlai. Come avrei potuto? Mi si era bloccata la trachea.

«Ci sei?»

Annuii, senza pensare che non poteva vedermi.

«Va bene, allora parlo io, anche se non so bene da dove cominciare...»

Non mi reggevano le gambe.

«Sono appena uscito dalla stazione dei carabinieri e...»

Come i carabinieri? Per l'agitazione e lo spavento il cellulare mi scivolò dalle mani e si schiantò a terra, esplodendo in mille pezzi. La batteria schizzò sotto il divano.

«Oddio» gridai. «No, non è possibile! E adesso?»

Fabrizio era stato dai carabinieri? Gli era successo qualcosa? Magari aveva bisogno di aiuto e io avevo combinato un disastro. Mi accucciai nel tentativo di afferrare la batteria e provare a rimetterla nel telefono ma era finita troppo in fondo. Mi distesi a terra e infilai un braccio, niente. Dovetti spostare da sola il divano per recuperarla e mi costò uno sforzo enorme perché era pesantissimo. Non mi sfiorò nemmeno l'idea di rimetterlo a posto, lo lasciai lì, storto, in mezzo alla stanza. Tutta sudata e ancora più agitata di prima riuscii a rimontare il cellulare e, come lo accesi, suonò.

«Pronto? Calcaterra?»

Niente.

Squillò ancora e provai a rispondere di nuovo, niente. Lo presi tra le mani e iniziai a scuoterlo con forza: «Perché fai così?».

Quando sentii suonare di nuovo e non vidi lo schermo illuminarsi compresi che non era il telefono, ma il citofono, e mi precipitai a rispondere.

«Trambusti, sono io. Ero nei paraggi.»

Qualcosa mi strinse lo stomaco. Feci un profondo respiro e risposi, anche se in maniera molto confusa.

«Sì, scusa. Non ti ho attaccato il telefono in faccia, è che il cellulare mi è caduto per terra, si è rotto. La batteria è finita sotto il divano e poi...»

«Posso salire?»

«Certo.»

Deglutii e aprii il portone. Perché era venuto?

Mi guardai velocemente allo specchio e cercai di sistemarmi i capelli, erano tutti appiccicosi di sudore. Corsi in bagno a spazzolarli e li legai velocemente. Quando mi voltai me lo trovai di fronte. Lo chignon che ero riuscita a comporre crollò da un lato mentre lui era bellissimo, come sempre.

«Porca miseria, sembra che in questa casa ci sia stato un terremoto. E che cosa è successo alle pareti? Sono coloratissime.»

«Ho fatto un po' di cambiamenti.»

«Sei in partenza?» chiese, indicando la valigia all'ingresso.

«Sì, vado a Chicago con Rosa.»

Non avevo il coraggio di guardarlo. Se avessi incrociato il suo sguardo, si sarebbe accorto che averlo lì mi faceva scoppiare di felicità, che avrei voluto abbracciarlo e farlo restare con me per sempre.

E non potevo permettermelo. Cominciai a parlare a ruota libera: «Sono successe così tante cose. Tuo padre è... Avrei voluto chiamarti, dirtelo, ma poi ho pensato che non ti avrebbe fatto piacere e non sapevo se dovevo essere io a farlo».

Ma che andavo blaterando? E perché se ne stava lì in piedi senza dire niente?

«Guardami, Agata» mi interruppe.

Poi allungò una mano e mi accarezzò una guancia, alzai lo sguardo. Non appena i miei occhi incrociarono i suoi mi sentii mancare, ma lui non mi diede il tempo di aggiungere altre parole sconnesse. Mi prese tra le braccia e mi strinse forte a sé e io mi strinsi a lui. Non aspettavo altro.

«Non hai idea di cosa ho passato» bisbigliò. «Sono state settimane orribili.»

Non osavo intervenire per timore di interrompere il momento perché ora che mi abbracciava in quel modo, ora che di nuovo gli ero così vicina, mi rendevo conto che la paura che avevo provato di fronte alle taniche di Papadopoulos non era stata niente a confronto di quella che avevo sentito al pensiero della mia vita senza di lui.

«Ero così confuso, perso. Persino quando ho saputo quello che ti era successo, ho avuto paura di farmi vivo. Non voglio neanche pensare a te in quella villa. Quando Angela me lo ha raccontato mi sono sentito uno schifo.»

Che cosa stava cercando di dirmi?

«Come ti è saltato in mente di tornare lì da sola?» Mi prese il viso tra le mani. «Se ti fosse successo qualcosa non me lo sarei perdonato.»

Mi sentii mancare. Ecco perché era lì, non per me, ma per i suoi dannati sensi di colpa. Mi ritrassi e dissi asciutta: «Non sarebbe stata una tua responsabilità. Non tutto quello che succede nel mondo è colpa tua».

Lui fu sorpreso e tentò di scusarsi: «Non volevo dire questo...».

La conversazione stava prendendo una brutta piega quando fu interrotta dalla voce di Juan che diceva a Beatrice che si voleva dedicare al commercio. Rimasi pietrificata. Ettore doveva avere acceso il televisore poggiando una zampa sul telecomando e avviando il dvd di *Cuore selvaggio*, la scena della loro prima notte di nozze.

«Mi sembri spaventata» diceva Juan a Beatrice. «Hai paura?»

«Sì.»

«Di cosa?»

«Il fatto è che non so niente di queste cose.»

«Neanche io. Sì, insomma, è la prima volta che mi sposo. Non avere paura. Ti dà fastidio se mi avvicino a te?»

«No.»

«Ti piace?»

Cominciai a rovistare dappertutto in cerca del telecomando, che non trovai.

«Cos'è?»

«Niente, ora lo spengo.»

«Io non so cosa tu sappia o cosa ti abbiano detto, ma ti assicuro che questo può diventare bello quanto si vuole. Sei così bella, così dolce. Voglio che dimentichiamo tutto quello che ci è successo. Voglio che da questo momento per noi cominci una nuova vita.»

«Non avrei saputo trovare parole migliori» disse.

Finalmente riuscii a spegnere il televisore. Quando mi voltai verso di lui avrei voluto sprofondare, non smetteva di fissarmi.

«Mi ha tolto le parole di bocca» sussurrò.

«Chi?»

«Il tizio della telenovela.»

«Juan?»

«Sì, lui. Se fossi Juan adesso saprei come dirti quello che devo dirti.»

«Non c'è niente da dire» cercavo di tenere il punto per nascondere l'imbarazzo.

«Non ho mai conosciuto nessuno più caparbio di te.»

«Davvero?» e lo guardai negli occhi.

Non raccolse la mia provocazione e andò a sedersi sul divano: «Ho sempre pensato di non valere molto...».

Lo interruppi subito: «Basta con questa storia».

«Trambusti, fammi parlare» disse con tale fermezza che decisi di ascoltarlo.

«Ho sempre pensato di non valere niente» proseguì, «finché non sei arrivata tu. Quando ti ho incontrato, hai avuto fiducia in me e ho cominciato ad averne anche io.»

Stavo in silenzio, in piedi di fronte a lui, e più parlava più il mio cuore accelerava i suoi battiti.

«Mi hai fatto credere per la prima volta che la mia vita avesse un valore e che potessi liberarmi dal passato. Porca miseria, sei tornata persino in quella villa per scoprire la verità al posto mio. Capisci cosa sto cercando di dirti da quando sono arrivato?»

«Capisco solo che mi fa male vederti. Mi fa male e voglio cercare di voltare pagina.» Mi tremava la voce dall'emozione, continuai: «Il mio psicologo dice che dopo ogni fine c'è un nuovo inizio. Ma finché tu sarai qui io non potrò iniziare da nessun'altra parte».

Fabrizio abbassò lo sguardo e mi prese le mani.

«Ricomincia con me, Agata. Sono io il tuo nuovo inizio.»

Lo guardai ammutolita. Lui fece un profondo respiro e continuò: «Ero alla stazione dei carabinieri, dovevo sbrigare pratiche, firmare verbali e a un certo punto ho capito tutto. Ho capito che niente di quello che mi stava succedendo aveva un senso se non potevo viverlo con te. E allora sono uscito di corsa e sono venuto qui perché quando ti accorgi di avere già perso troppo tempo, non vuoi sprecarne dell'altro».

Aprii la bocca per parlare ma la richiusi subito.

«Avevo paura di non essere abbastanza per te.»

«E ora non lo pensi più?»

Il cuore mi batteva così forte che temevo lo sentisse.

«Sto cercando di dirti che ti amo, Trambusti, ti amo da morire. Sto cercando di dirti che non voglio che tu volti pagina perché voglio essere io il tuo nuovo inizio.»

«Tu mi ami?» ecco, avevo fatto la domanda ed ero pronta per sentire la risposta.

«Ti amo tutta, patologie comprese. Credo di essermene accorto quando ti ho visto arrotolata intorno a quel palo. Mi sembravi così strana, così pazza. Il fatto è che non ho niente da offrirti, tranne un ritrovato coraggio.»

Gli saltai in braccio, schiacciandolo contro la spalliera del divano. «Tu mi ami?»

«Sì, ma il resto del discorso era più importante. Perché ho la sensazione che non mi ascolti mai?»

«Non me ne frega niente del resto. Oddio, Calcaterra, ti amo così tanto. Ti amo come credevo non si potesse amare una persona.»

Mi afferrò i capelli e mi baciò, avvolgendomi un braccio intorno alla vita.

«A che ora hai l'aereo?» sussurrò.

«Domani, alle tre del pomeriggio.»

«E quanto starai via?»

«Due settimane.»

«Posso sopportarlo» e mi sollevò, portandomi in camera da letto.

Non voleva fare l'amore quella notte, con mio grande rammarico.

«Avremo tempo per questo» mi sussurrò. «Ora voglio solo tenerti stretta a me e parlare.»

Ci sdraiammo ed Ettore andò a sistemarsi al suo solito posto.

«Non credo riuscirò mai ad abituarmi a lei» e fece quel suo sorriso irresistibile.

Mi abbracciò e cominciò ad accarezzarmi la schiena.

«Mio padre non ci ha lasciati. Ho sprecato una vita intera dietro a un fantasma.»

Sapevo di cosa stava parlando, avevo fatto la stessa cosa.

Parlò per un'ora e io non intervenni mai. Solo alla fine alzai lo sguardo verso di lui: «Non sono mai stata così vicino a una persona come lo sono in questo momento» gli sussurrai. «E la cosa non mi fa più paura.»

A quel punto si distese sopra di me e mi portò le braccia sopra la testa.

«Forse sono stato troppo affrettato nel dirti che volevo solo parlare. Forse potremmo rivedere la cosa» e mi baciò con un trasporto che mi fece rabbrividire. «In fondo devo stare senza di te per due settimane.»

Ripensai alla vecchia Agata, ai suoi tailleur, a Drogo. Avrei voluto che mi vedesse ora, avrei voluto dirgli che anche a lui avrebbe fatto bene uscire dalla fortezza perché fuori c'era la vita ad aspettarlo. Spaventosa, indecifrabile, ma pur sempre vita.

Non sapevo che cosa sarebbe stato di noi, se ce l'avremmo fatta, se la nostra storia sarebbe durata. Sapevo però che valeva la pena provarci.

Dicono che la vita sia composta da una serie di istanti, grandi e piccoli, felici e tristi. E sono proprio quei momenti che le danno forma e significato. Fuggire significava scegliere di non vivere.

Lo avevamo imparato entrambi, per vie diverse. E prima di addormentarmi, pensai agli incontri e a quanto possano determinare il tuo futuro. Si incontrano milioni di persone e non succede niente.

Poi ne incontri una e la tua vita cambia per sempre.

Avevo incontrato il mio Juan.

Non so se lui mi vedeva come la sua Beatrice, in quel momento pensai di sì.

Sognai Drogo. Era chiuso in una stanza vestito con la sua divisa da soldato.

«Perché non esci?» gli chiedevo. «Sei pronto per la battaglia.»

«Che cosa c'è là fuori?»

«Ha davvero importanza?»

«Sì che ne ha.»

«Togliti la divisa e scoprilo. Sono sicura che dove stai andando non ti servirà.»

Mi svegliai di soprassalto. Il posto accanto a me era vuoto e scesi dal letto ancora scombussolata. Trovai Fabrizio che si mangiava uno yogurt davanti alla televisione. Stava guardando una puntata di *Cuore selvaggio*.

«Trambusti, ti ho svegliata?»

«No.»

Sapevo che non riusciva a dormire per via di suo padre, per tutto quello che era successo e quello che ancora lo aspettava. Non dissi nulla e mi sedetti accanto a lui sul divano.

«Questa roba è orribile, lo sai? Talmente orribile che non riesco più a staccarmene. Ce ne vediamo un'altra?»

«Volentieri» e scoppiai a ridere.

Fece partire il dvd e mi abbracciò.

Esci, Drogo, non sai cosa ti perdi.

Ringraziamenti

Come molti di voi già sanno, i ringraziamenti sono una parte importante dei miei libri a cui neanche al quarto posso rinunciare. Qualcuno mi ha persino detto che ci si è affezionato.

E allora comincio proprio dalle mie adorate lettrici che spero ogni volta di non deludere e che ringrazio di cuore. Senza di voi non ce l'avrei fatta. Grazie per essermi state sempre accanto e avere creduto in me. Ringrazio soprattutto Livia, che ho visto crescere libro dopo libro (e che si è trasformata in una donna, più donna di me). Un grazie speciale ai librai, per il loro lavoro che so essere molto faticoso. Fra tutti (e scusate se salto qualcuno, rimproveratemi pure così nel prossimo vi metto), Romano Montroni e la cara Piera, Amanda Colombo, Cristina Di Canio, Gianni Tarantola e Giorgio Tarantola. Un grazie a tutte le ragazze e i ragazzi che lavorano nelle librerie Giunti al Punto, a tutti i ragazzi della Lirus e della Verso, alle Pieralice (brave, brave), Valentina Francese (poveretta), alle mie adorate Marella Paramatti e Simonetta Bitasi che si prendono sempre cura di me ormai da quattordici festival, ai Nicolini, a Lidia Mastroianni e al suo cagnolino, a Metella Orazi, Giuditta Bonfiglioli, Barbara Sardella, Rossella Pompa (sono devastata, lo sai), Valeria De Vitis, Cinzia Zanfini, le ragazze del Circolo dei lettori di Torino e tutti quelli che mi manderanno una lettera di richiamo perché non li ho nominati e che mi hanno accolta e ospitata in tutti questi anni. Ringrazio tanto le blogger e i blogger che con il loro impegno e la loro passione rendono il nostro lavoro molto più bello.

Ringrazio mamma e papà, perché è merito loro se sono nata. Podalica, ma è pur sempre meglio di niente. Ringrazio mio zio Caco per essersi preso cura di me e mamma. Ringrazio mio fratello Nicola, Valentina e Rosetta. Il mio amato nipotino Matteo. Un pensiero speciale a chi mi ha visto crescere, che non c'è più e che mi manca tanto e a cui non smetterò mai di pensare: Alida, Gianna, babbo Giuseppe.

Ringrazio i miei amici, che mi danno la forza di andare avanti, tutti i giorni. Senza di loro la mia vita non avrebbe la stessa forza. Sono loro il mio motore.

Grazie alla mia eterna Mateldina, che ci seppellirà tutti purtroppo per lei, a Gianluca e al loro nanetto Giovannino, a Michela (che ci vuoi fare Michi, sopravvivremo nonostante le nostre pazzie!), a Chiara (non ti preoccupare, invecchieremo insieme, tu mi aiuterai a entrare in acqua e io continuerò a farti le foto dicendo di coprirti le tette. Mi dà conforto pensarci così), a Luca (mio adorato. Quanto tempo è passato da quando ci guardavamo *Kiss me Licia*? In fondo neanche poi così tanto), a Susanna (la nostra forza, il nostro problem solver), a Michele (che posso aggiungere? Anche noi ne abbiamo passate tante e mi fa felice saperlo), a Giulia (gli anni a studiare, a mangiare tanto, a raccontarci di noi. E siamo ancora qui) ad Anna (siamo noi la nostra forza). A Marta (se quei banchi di scuola potessero raccontare la nostra storia...), a Danielina (il passato è più importante del presente). Quei pazzerelli di Filippo e Carlotta (soprattutto le camicie di Filippo e il mercato della finanza, soprattutto Carlotta, che lo sopporta).

La mia cara Veronica e i suoi adorati genitori che ci sopportano tutti i Natali, per le tombolate insieme, la palestra che ci ha unite (non dimentico Agnese, ovviamente, che si fidanzerà con Giovannino). Toni, il papà di Luca, Andrea (per il nostro cineforum speciale), Antonella, e il loro erede. Siete sempre con me, da più di vent'anni (fa impressione pensarlo e anche scriverlo) e spero lo sarete per gli altri cinquanta, non di più, a venire (perché non credo vivrò così a lungo, per loro fortuna). Ringrazio tanto Sara e Luchi, il mio Pierpino e il Bozzoloni (che per fortuna ogni tanto passa a Milano a trovarmi), il mio pazzo e adorato Vignola. Fabiana, che conosco da poco ma con la quale abbiamo molto da dirci. Ringrazio le piccole Alma ed Eloisa, che sono adorabili e mi hanno fatto quasi amare le bambine (quasi).

Ringrazio Brunella, che ha sempre creduto in me, a dispetto di tutto. «Mi rimarrai sul groppone» mi ha detto un giorno. In effetti così è stato, poveretta. E continua a esserlo nonostante il trascorrere degli anni. Un grazie di cuore a Francesca, che fin da quando eravamo ragazze mi spronava a scrivere, e ai suoi figli che ormai andranno all'università ma che io non ho visto neanche a due mesi. A Manu, che con tanta pazienza ha creato la fanpage della gattamorta e a chi invece la sta portando avanti con passione.

Ringrazio la mia adorata Elisa, e i suoi adorati Marisa, Mario e Milena, compagna di mille avventure, lettrice in bozze di tutte le versioni possibili immaginabili di tutti i libri e custode dei miei segreti più intimi (e spinti) insieme al mio povero psicologo.

Un grazie gigante alla mia Nuvolina che ha accettato di buon grado di apparire nel libro precedente. Nuvoli, qui te la sei scampata, nel prossimo... chissà. Sono certa riuscirai a trovare il tuo posto nel mondo (che spero non sia accanto a me) e un uomo, nonostante il tappeto. Ringrazio Baccomo che, suo malgrado, è mio amico, e quindi mi deve sopportare. Ma anche io devo sopportare lui, sia detto. Baccomo, tanto lo so che mi vuoi bene! La cara Ilaria che con tanta pazienza lo deve sopportare più di me. Ma lo si fa con gioia, va detto! Ringrazio Federica, anzi no, la Bosco (se no si offende), la mia anima gemella, il bastone della mia vecchiaia.

Bosco, un giorno, tu lo sai, noi ne rideremo dalla nostra casa di riposo nel Kentucky. Ringrazio Marchino mio, quanta strada hai fatto? Sei il mio orgoglio.

Un grazie gigante alla Broc per la sua unicità e a Graziamaria che difficilmente potrei riassumere con un aggettivo, rischierei di sminuirla. Posso solo ringraziarla per essere esattamente quello che è: pazza, elegante, chic.

Ringrazio la Codeluppi per la nostra amicizia, intensa e solida, Viola che mi manca tanto, sua sorella Rossella e Francesco.

Ringrazio Coratelli, la Ted (e va bene, pure Alì, anche se è un uomo inutile e lui lo sa), la Gabri e Annarita. Un grazie speciale al mio amato Capacchione per l'affetto di sempre e per i preziosi suggerimenti. A Eugenio e Gianfranco, che non mi invitano mai a casa loro ma mi amano, io lo so e io amo loro!

Ringrazio le mie colleghe dell'ufficio stampa, e i colleghi (quanto ci vogliamo bene uniti dal dolore): Rosanna, Cristiana, Riccardo, Adolfo, Elisa, Maria Elena, Giulia... quanti siamo!

A Joseph ed Enrico, grandi chef! Paolo e Francesca, amici cari. Cristina Taglietti, per l'affetto e le chiacchierate, quando ci riusciamo, la Pezzino, la Galeani, la Maccagni e il caro Oliviero. La mia cara Angela che si prende cura di me e delle mie piante.

Alla Bergy per la sua forza e a Valentina. Ringrazio tutto il gruppo della Macchina dei Sogni, in primis la nostra guida Chicca Profumo, una cara amica e una donna forte, che ancora crede. Ringrazio il mio adorato Massimiliano per le chiacchiere, le confidenze e l'amore reciproco, e la Fiaccarini, anche se ancora non mi ha presentato un uomo.

Ringrazio il mio personal trainer, Francesco Luglio che dopo un anno di fatica mi ha detto che stavo sempre a magna' (son soddisfazioni).

A Paola e Maurizio e ai loro figli.

Un grazie speciale alle ragazze di Oasi Marocco, Ketty e Olivia per le risate insieme, Orecchiuzze e Benedetto.

Ringrazio i miei cugini, Sara, Lorenzo, Susanna, Giovanna e Piero. Laura e zia Graziella. Giorgio e Lella per l'affetto di sempre. Margherita e Giulio, Sandra e Mario, Anna e Fulvio che mi hanno fatto una bellissima carrambata.

Ringrazio Valeria, per la sua classe, Adele, Valentina, Daria, Paola, Monica, Marellina e sua figlia Olivia; Chicca, Angela, Sabrina, la mia estetista e amica, e Katia, che ha ereditato qui a Milano il suo lavoro. Antonietta, Raffa, Annetta, Gabriellina. Le ragazze della Vivalibri: Michela, Agnese, Daila, Claudia e il mitico Angi!!! Chiara, per la sua eleganza, che dimentica solo a Mantova, di fronte alle patatine. Francesca e Vanda, i miei amici del mare, che non scorderò mai: Francesca, Claudia e Marilena, Stefano, Massimo, Ale e Paolo.

Il mitico gruppo Islanda 2000. Bruno e l'operazione protocollo, Patatone, il Capitano, Peppiniello e la Marino.

Ringrazio i miei vecchi capi, tra tutti Sergio Fanucci, il mio mentore, con cui ho trascorso degli anni intensi e felici e che mi ha insegnato tanto. Ringrazio Pietro D'Amore e Stefano Mauri.

Un grazie speciale ai miei vecchi colleghi della Garzanti, che comunque mi hanno sopportato per quattro anni (non sono pochi). Tra tutti Camilla, per la sua pazienza e le sue creazioni, Elisabetta (rimarremo sempre un duo), Fusillino mio, la cara Rodella e il suo tegolino, l'impiegabile Pugnaloni e Valentina. Giulia e Cecilietta, Barbarina. La mia adorata e unica Graziella, per l'entusiasmo, la passione e la forza vitale che mette tutti i giorni sul lavoro, l'insostituibile Zanon!!! E infine Cocco! Che, in fondo in fondo, mi vuole bene.

Ringrazio i miei colleghi passati, con i quali ho condiviso tanto, soprattutto Lisa, Mirella e Claudia. Francesco Colombo e il suo elegantissimo pigiamino a righe, Guglielmone (anche lui, che maschio!).

Ringrazio i miei nuovi capi, Filippo Vannuccini (su cui non vorrei aggiungere altro oltre al fatto che è l'ultimo maschio rimasto sulla terra) e Michele Dalai (sono davvero felice di lavorare insieme a te) che poi sono anche quelli vecchi. Hanno avuto il coraggio di riprendermi (e io di tornare, sia chiaro) ma è stata la scelta più bella che potessi fare. Vi voglio bene! Ringrazio i miei colleghi attuali che poi anche loro sono gli stessi. Tommasellino mio, il mitologico Andrea, lo splendido Losani (su cui vorrei spendere due parole ma ci vorrebbe un altro libro), Melluso (per le discussioni sul suicidio e per i caffè), Mara e Anto (quanto vi voglio bene, ragazze!), la mia Crosettina con cui sento dividerò tanto, Alberto, Mario, Cristina, Tommy, Ivan, Francesca, Claudia, Emanuele, Laura e dulcis in fundo Cristina Dalai (ci siamo ritrovate!), Jacopo e Salvatore.

A Marina, per la sua calorosa accoglienza a Courmayeur anno dopo anno. Alle mie compagne di classe del mitico liceo De Sanctis, su tutte Laura, che ho ritrovato grazie al libro. Ai miei professori: chissà se avranno riconosciuto nell'autrice quell'allieva tanto timida che si presentava in classe con le pantofole e, a volte, con la busta dell'immondizia ancora in mano.

Ringrazio Andrea Vitali che mi sprona sempre e ha fiducia in me, che si è offerto di ospitarmi al lago (se ne pentirà, forse, quando mi piazzerò da lui!) e Manuela che mi legge sempre! Claudio Magris, per il tempo che abbiamo condiviso che per me è stato un bene prezioso, Jole, Cristina Caboni, Sara Rattaro, Silvia Meucci, il mio amato Bertante, Bruno Morchio, Caterina Bonvicini, Vito Mancuso e Jadranka. Joe, Karen e Kasey, per l'affetto che sempre mi dimostrano. Ringrazio Giorgio che non c'è più e che mi manca tanto e Roberta.

Massimo Carlotto e Colomba Rossi che mi vogliono tanto bene, spero, e mi sopportano.

Vorrei ringraziare di cuore Bruno Ventavoli, che ha creduto in me, e che continua a farlo. Lui sa che potrebbe essere un uomo uscito dalla penna di Nicholas Sparks.

Ringrazio il mio psicologo che mi sta aiutando a capire quanto io sia preziosa.

Infine, e non certo per ordine di importanza, i ringraziamenti a chi mi sopporta tutti i giorni che dio manda in terra (capite che cosa comporta?).

Ringrazio di cuore la mia adorata agente, e amica, Silvia Donzelli, per l'affetto, il sostegno e la forza di una combattente. Ma soprattutto per la pazienza, tanta. Ringrazio la Giunti e tutti coloro che ci lavorano per essersi dedicati con tanta passione a questi ultimi due libri. In particolar modo Donatella Minuto e Antonio Franchini, con menzione d'onore all'ufficio stampa (per ovvie ragioni di solidarietà) e alla redazione, tra tutte Alida Daniele. Un grazie speciale a Benedetta Centovalli e ad Alessandra Carati che con tanta, ma credetemi proprio tanta, pazienza mi ha seguito in questa quarta avventura (ormai siamo un duo). E ringrazio la persona con cui ho iniziato il mio percorso di scrittura e che ha creduto in me: Luca Briasco. Luca, ricordati che senza di te tutto questo non sarebbe mai successo!

Ringrazio, ovviamente, Juan del Diablo perché prima o poi arriva, purtroppo per lui.

Indice

Della stessa autrice

Brossura con bandelle - pp. 320 - euro 14,90

Chiara Moscardelli

Teresa Papavero

e la maledizione di Strangolagalli

Teresa: 40 anni, disoccupata e felicemente single. O almeno così crede. Dopo aver perso l'ennesimo lavoro (trovando cioè gli uffici dell'azienda che l'aveva assunta inspiegabilmente vuoti) decide di rifugiarsi a Strangolagalli, il borgo a sud di Roma dove è nata, e avviare una piccola attività alberghiera: l'ideale per studiare la clientela, e raffinare così il suo intuito naturale che le consente di capire le persone a una prima occhiata. Un intuito che ben presto la ficcherà nei pasticci, mettendo decisamente in subbuglio i pacifici abitanti del paesino. Non bastasse, a Strangolagalli si è stabilito da poco anche Paolo, timido, garbato e curiosamente sensibile al fascino di Teresa, spingendosi addirittura a invitarla a cena. La fatidica sera però, la donna si rifugia in bagno e al suo ritorno... Paolo è svanito e Teresa si ritrova risucchiata in una girandola di intrighi, misteri e colpi di scena.

Brossura - pp. 272 - euro 6,90

Chiara Moscardelli

Quando meno te lo aspetti

Penelope Stregatti, barese, con una nonna cartomante, ha trentasei anni, una laurea, due master in giornalismo e parla cinque lingue. Dei sogni che aveva però non ne ha realizzato neanche uno. Lavora come addetta stampa in una multinazionale di pannolini, la Pimpax Spa, e nel tempo libero scrive test e oroscopi sessuali per «Girl Power», un settimanale femminile. Sogna il grande amore, quello con la A maiuscola, ma incrocia solo uomini in cerca di sesso con la esse minuscola. Con i suoi amici Federico, lo sceneggiatore, Letizia, l'avvocato, e Bianca, l'antiquaria, trascorre le giornate sperando che prima o poi qualcosa di speciale possa accadere. E quando investe con la bicicletta Alberto Ristori, rompendogli una gamba, capisce che questo qualcosa è arrivato. Un mese dopo alla Pimpax Spa si presenta un consulente incaricato della ristrutturazione: Riccardo Galanti. Ma lei lo riconosce, è Alberto Ristori. Perché si fa chiamare in un altro modo?...

Brossura - pp. 224 - euro 6,90

Chiara Moscardelli

Volevo essere una gatta morta

C'è chi nasce podalica e chi nasce gatta morta. Chiara è nata podalica. Forse non aveva fretta di venire al mondo perché aveva già intuito che la sua vita non sarebbe stata una passeggiata. Che sarebbe rimasta sempre in piedi al gioco della sedia, o con la scopa in mano al gioco della scopa. E se la sarebbe dovuta vedere con chi invece è nata gatta morta. La gatta morta è una micidiale categoria femminile. Non è divertente, è seducente. Non esprime opinioni, ha paura dei thriller, le pesa la borsa, soffre di mestruazioni dolorose, non fa uscire il ragazzo con gli amici, non si concede al primo appuntamento e fin da piccola ha un solo scopo: il matrimonio. Chiara l'ha studiata per una vita. E ha capito che contro di lei non ci sono armi.

FSC
www.fsc.org

MISTO
Carta da fonti gestite
in maniera responsabile
FSC® C023419

Stampato presso Lego S.p.A.
Stabilimento di Lavis